Manuela Dessau

# GESTATTEN: DUCK

Tagebuch

einer Garten-WG

Umschlagentwurf und Zeichnungen: Daniela Wolf

Alle Rechte vorbehalten: Manuela Dessau, © 2000

Herstellung und Auslieferung: Libri, Hamburg

JSBN 3-8311-0248-1

Printed in Germany

Für

Tilo,

Hilde

und die Ränkler

## Die Mitwirkenden der Geschichte

Zur Garten-WG gehören:

### Friederike,

eine schneeweisse Gans, die uns von einem Bekannten am Martinstag -in einen Kaninchenkäfig gezwängt- als Geschenk gebracht und mit den Worten überreicht wurde: „Habt Ihr jemanden, der sie schlachtet, oder soll ich das erledigen lassen?" Friederike hatte die schönsten blauen Gänseaugen der Welt, sie wurde nie gegessen, sondern zog quicklebendig in unseren Garten ein.

### Tilly,

eine Flug- oder Warzenente, die in der Geflügelgemeinschaft, in der sie zuerst gelebt hat, nicht mehr so recht akzeptiert wurde, nachdem ihr Gatte von einem Marder gemeuchelt worden war. Sie fand daraufhin bei uns Asyl, schon deshalb, weil sie farblich so gut zur Gans passte.

### Donald und Daisy Duck,

zwei Indische Lauf-
enten, von Tilly aus-
gebrütet, aber dann
brüsk verstossen.
Die eigentlichen
Helden dieser Geschichte.

### Dussel Duck,

sollte auch eine Heldin werden, aber dazu kam es dann doch nicht.

### Berta und Luise Tuut,

zwei Streifengänse.
Streifengänse sind ur-
sprünglich Wildgänse,
klein, grau und am Hals

schwarz-weiss gestreift. In unseren Breiten sind sie äusserst selten, deshalb wertvoll und teuer. Berta und Luise greifen erst später in den Verlauf der Geschichte ein.

Ferner wirken mit:

### Der Hund...

heisst eigentlich Bommerlunder und ist ein acht Jahre alter grosser und kräftiger Münsterländer-Mischling, also ein Jagdhund. Viel lieber ist er aber ein Schmusehund, der sich plötzlich als Entenmama bewähren muss.

### Die Katze...

heisst mit bürgerlichem Namen Mimi und ist eine immerhin schon 14 Jahre alte behäbige Dame, die nichts weiter will, als ihre Ruhe und regelmässige Mahlzeiten. Was sie ganz bestimmt nicht will, ist lautes Entengeschnatter, wenn sie in der Sonne döst.

# Prolog

21. Mai, Himmelfahrt

Gestern Abend war es vier Wochen her, seit Tilly mit dem Brüten angefangen hat. Also sind heute unsere Küken fällig. 28 Tage, sagt man bei Laufenten. Tilly, die ewige Eierlegerin und Brüterin hatte noch nie Nachwuchs. Sie ist eine drei Jahre alte verwitwete Flugente, nach wie vor unbemannt und in einer Wohngemeinschaft mit der Gans Friederike in unserem Garten zuhause. Dort legt sie mit grossem Eifer und fast übertriebenem Ernst zweimal im Jahr Eier. Ihren Mitbewohnern in Haus und Garten graut es stets vor dieser Zeit. Die ansonsten friedliche und fröhliche Tilly wird dann regelrecht aggressiv, macht einen Buckel, plustert sich auf und beisst Hund und Gans ins Bein, wenn sie ihr zu nahe kommen. Menschen faucht sie wild an. Wenn ein Dutzend Eier beisammen ist, setzt sie sich drauf und brütet, bis ihr die blöden Menschen nach und nach alle Eier wieder wegnehmen, weil dem ganzen Unternehmen ohnehin kein Erfolg beschieden sein kann, und damit das Gelege nicht irgendwann explodiert. Danach lebt die Ente ein paar Monate lang wieder ganz normal weiter, bis alles von vorn beginnt. So läuft das jetzt seit zwei Jahren. In diesem Frühjahr soll sie nun endlich ein Erfolgserlebnis haben. Einmal brüten bis zum Ende und danach Kükenmama. Doch dazu mussten natürlich erst mal die passenden Eier her. Kein Mensch im weiten Umkreis hat sonst noch Flugenten. Wenn überhaupt, dann Laufenten, als Schneckenfresser. „Sind auch viel praktischer als Flugenten", sagen die Laufentenbesitzer, „weil sie nicht wegfliegen und deshalb keinen Flügel gestutzt bekommen müssen. Ausserdem brüten Laufenten nur 28 Tage, während Flugenten, deren Eier grösser sind, 36 Tage brauchen. Alles sehr langwierig".

Also bekam Tilly vier vermutlich befruchtete Laufenteneier untergeschoben. Vier, weil wir eigentlich nur zwei Küken wollten und, so sagte die Nachbarin mit jahrelanger Entenaufzuchterfahrung, die die Eier spendierte: „Es kommt schliesslich längst nicht aus jedem Ei auch was raus."

Als die Eier nun in Tillys Gelege geschmuggelt und gegen vier ihrer eigenen ausgetauscht waren -man weiss ja nie, ob die Ente nicht doch nachzählt- da geschah zunächst etwas völlig Unerwartetes: Tilly boykottierte ihr Nest anderthalb Tage lang, und schon schien es, als sei alles umsonst gewesen. Gerade, als sich bei den ewig besser wissenden Menschen schon gelinde Verzweiflung einstellte, weil der ganze Plan zu misslingen schien, überlegte es sich die Ente doch wieder anders und kehrte zurück auf ihr Nest, das sie in den kommenden vier Wochen nur noch zweimal täglich für kurze Zeit verlassen sollte, um sich die Beine zu vertreten, etwas zu fressen, zu trinken, ein wenig zu baden und um zu erledigen, was sonst noch an menschlichen oder „entlichen" Bedürfnissen zu erledigen war. Doch selbst dann – wo immer sie im Garten unterwegs war – behielt sie das Gelege im Auge und raste sofort zurück, wenn sich Hund, Gans oder Mensch den Eiern näherten. Nach höchstens einer Viertelstunde war ihr Ausflug ohnehin beendet, sie trottete zum Nest, drehte alle Eier mit dem Schnabel um und hockte für die nächsten Stunden wieder unermüdlich drauf.

Vier Wochen geht das nun schon so. Und kein Mensch wusste lange Zeit, ob sich die ganze Mühe auch wirklich lohnen würde. Nur um Tilly einmal zu Nachwuchs zu verhelfen, lohnte die Anschaffung eines Eierdurchleuchtungsgeräts nun doch nicht. Und der Wassertest, den manche Bücher ebenfalls empfehlen (ab dem 15. Tag ungefähr sollen befruchtete Eier in lauwarmem Wasser irgendwie zappeln), erwies sich als hoffnungslos. Nichts hat gezappelt, und die Laufenteneier schwammen in der ausrangierten Kaffeekanne genau so herum wie Tillys nachweislich unbefruchtete Eier. Einzige Chance also: weiterhin Geduld und abwarten. Tilly jedenfalls schien alle Geduld der Welt zu haben. Ihre Freundin und Lebensgefährtin, die Gans Friederike, fristete in dieser Zeit ein Einsiedlerdasein, schloss sich notgedrungen noch enger an die verfügbaren Menschen an, wurde mehr als sonst zur Schmuse- und Streichelgans und hielt nachts regelmässig vor dem Entennest Wache, um unerwünschte Eindringlinge wie Marder oder Nachbars Katzen auf Distanz zu halten. Die eigene Hauskatze zeigte sich desinteressiert an dem Unternehmen „Entennachwuchs" und war -wenn überhaupt- höchstens genervt durch die ewig grimmige Tilly, die ihr mit wildem Fauchen den Zugang zum warmen Strohnest verwehrte, in dem es sich früher immer so angenehm dösen liess.

Gelegentlich verschwand indessen doch mal ein Ei aus dem Nest. Immer waren es die ohnehin nur als Staffage verblieben Flugenteneier, die niemand wirklich vermisste. Und deshalb waren auch die Nachforschungen nach dem Eierdieb nur sehr halbherzig. Bis zum vergangenen Sonntag. Da fehlte bei der allmorgendlichen Kontrolle auch ein Laufentenei. Der Verdacht war schon früher auf einen Igel gefallen, der sich im Winter in Stroh- und Federresten neben dem Geflügelstall eingenistet hatte, den aber niemand beachtete, weil er nie zu sehen war, und der für die Gans, ja selbst für den Haus-, Hof- und Gartenhund schon zum Inventar gehörte. In dieser Sonntagnacht aber hatte es der Igel eindeutig zu weit getrieben. Denn bei einer gründlichen Garteninspektion fand sich zuerst ein noch frisch ausgesaugtes Flugentenei, was nicht weiter tragisch war, doch wenig später wurde das geknackte Laufentenei entdeckt - mit einem kleinen, schon nahezu fertig entwickelten Entenkadaver daneben. Noch ehe überhaupt ein Küken geschlüpft war, stand also schon die erste Beerdigung an. Ein Schock, der nur ein Gutes hatte: die Laufenteneier waren also wohl tatsächlich „trächtig", wenn dieses nicht das Einzige war. Das Warten schien sich doch zu lohnen. Der Igel indessen wurde umgehend ermittelt und des Gartens verwiesen. Auf der grossen Kuhweide, auf die er umgesiedelt worden ist, wird er hoffentlich weniger Schaden anrichten. Und die

Bewachung der Ente wurde verstärkt, indem ihr Nest nachts verbarrikadiert wurde.

Heute also ist nun der errechnete Termin. Himmelfahrt, ein nettes Datum zum Schlüpfen. Wenn man die drei Laufenteneier dicht ans Ohr hält, hört und spürt man, wie es darin arbeitet. Drillinge stehen an, wenn alles gut geht. Die Namen stehen schon fest, obwohl noch niemand weiss, was es nun eigentlich wird. Donald, Daisy und Dussel und Duck als Familienname natürlich. Eigentlich sollte Dussel Duffy heissen, aber die Lektüre des Stammbaums derer von Duck ergab im letzten Moment, dass Duffy wohl einer anderen Sippe angehört und bei den Ducks gar nicht vorkommt. Dafür gibt es aber einen (oder eine?) Dussel Duck. Keiner weiss es, aber es klingt gut.

Im Stundentakt schleichen die dummen und ungeduldigen Menschen um das Entennest. Auch Tilly selbst ist seit ein paar Tagen hippeliger. Sie spürt offensichtlich, dass sich etwas tut. - Nur wann? Spät abends ist ein Ei angeknackst. Aber sonst passiert heute nichts mehr. Also: Entenhaus zu, gute Nacht - vielleicht ja morgen.

## Es geht los

22. Mai

Am Morgen um halb
sechs zeigt sich die Welt
noch diesig und
verschlafen. Beim Öffnen
des Entenhauses, zwei
Stunden vor dem eigent-

lichen Aufstehen, ist keine Veränderung zu sehen.
Also, noch mal ins Bett, die Küken lassen sich Zeit.

Um acht Uhr die zweite Inspektion. Und siehe da, es
piepst irgendwo. Die schimpfende Tilly wird vorsichtig
hochgehoben und tatsächlich: zwischen den Latten
unter dem Stroh in der alten Kartoffelkiste, die seit
Jahren als Enten- und Gänsehaus prächtig ihren
Dienst tut, lugt ein kleiner schwarzer Kopf hervor.
Donald Duck ist da, nach der Geburt durch die Latten
geplumpst und sanft auf der Staubsaugertüte gelandet,
die -mit Hundehaaren gefüllt- unter der Kiste liegt, um
Marder in die Flucht zu schlagen. Hurra, ein Junge -
an dem Tilly allerdings wenig Interesse zeigt. Sie
konzentriert sich ausschliesslich weiterhin auf's Brüten.

Das Küken scheint ihr dabei eher lästig. Was tun also? Der kleine Donald wird ebenso vorsichtig wie mühsam zwischen Latten, Stroh und Staubsaugertüte geborgen und -in den warmen Pullover gekuschelt- mit zum Frühstück genommen. Zu diesem Zeitpunkt ist sein dünner Pelz schon völlig trocken. Er geniesst die Körper- und Pulloverwärme des Menschen und schläft gleich ein. Etwa im Viertelstundentakt wacht er auf, macht erste Gehversuche in einer mit Heu gepolsterten Blumenschale, will in den Pullover gerollt werden und schläft gleich wieder weiter. Eine halbe Hand voll Ente, ein kleiner Neger fast, mit braunschwarzen Augen, dunklem Schnabel und scheinbar viel zu grossen schwarzen Füssen.

Um elf Uhr, beim nächsten Check des Nestes, piepst es wieder. Im Nest noch die aufgebrochene Eierschale, vom dazu gehörenden Küken keine Spur. Aber inzwischen weiss man ja, wo man suchen muss. Auch Daisy ist beim Schlüpfen durch die Latten gerutscht und im Stroh unter der Kartoffelkiste gelandet. Sie ist noch ganz feucht, die braun-blonden Federchen kleben am Körper, auf dem Rücken hängt noch ein Stück Eierschale. Ein Mädchen. Da Tilly auch jetzt wenig Anteil nimmt und sich ausschliesslich weiterhin auf's

Brüten konzentriert, wird auch Daisy erst mal im Pullover gewärmt, das hat sich schliesslich bewährt. Dann ein bisschen ruhig zureden, viel Ruhe – und auch Daisy schläft. Donald ist mittlerweile wieder wach. Die ersten Wassertropfen, mit dem Finger auf seinen Schnabel getupft, trinkt er munter – und weiss genau, wie es geht: Schnabel auf, Wasser rein, Hals recken, Kopf nach hinten und schlucken. Sagenhaft, keiner hat es ihm je gezeigt.

Dann schlafen sie beide, Donald und Daisy im Heu in der Blumenschale. Zeit, um Daisy genauer anzusehen: sie ist hellbraun, mit gelbblonden Strähnen durchzogen. Auch der Schnabel und die Füsse sind hell, fast gelb. Während sie jetzt langsam trocknet zeichnet sich schon ab, dass sie mal eine ganz hübsche wird.

Sobald Donald und Daisy aufwachen, piepsen sie so lange, bis sie aus der Schale gehoben und auf den warmen, weichen Menschenbauch gesetzt werden. Gegen Mittag sind scheinbar die grössten Strapazen des Schlüpfens überstanden. Die Beiden gehen auf kleine Expeditionen, versuchen ungestüm, auf den wackeligen Beinchen zu stehen, was aber kaum gelingt. Ihren Menschen wollen sie sehen, hören und fühlen. Ein Besuch bei Mama Ente ist für beide Seiten eher abschreckend. Man kennt sich kaum und mag sich nicht. Donald und Daisy sind schon geprägt - nicht auf Tilly, sondern auf den Menschen.

Dem setzen sie im Laufe des Tages mit zunehmender Munterkeit zu, versuchen, auf Schultern und Kopf zu klettern, kriechen in Ärmel und Hosenbeine und schlafen dann mitten im Lauf einfach ein. Kaum einen halben Tag alt und schon mit eigenem starken Willen, der mit wildem Geschrei durchgesetzt werden soll.

Am Nachmittag, als die Sonne scheint, geht es zum ersten Mal in den Garten in den extra gebauten Laufstall. Doch das scheint zu viel für den ersten Lebenstag. Donald und Daisy steuern -mehr robbend als laufend- unverzüglich den Pullover an, in dem sie sich verkriechen. Nach einer halben Stunde wird das Experiment Garten abgebrochen. Für den ersten Tag haben die Beiden ohnehin genug erlebt. Jetzt ziehen sie mitsamt ihrer Blumenschale ins Badezimmer, wo sie sich im Heu zusammenrollen und sofort einschlafen.

Dann also bis morgen, Donald und Daisy Duck.

# Warten auf Dussel Duck

## 23. Mai

Was ist nur mit dem dritten Ei los? Seit gestern Nachmittag ist es angeknackst, gestern Nacht um zwölf war es immer noch unverändert und auch heute Morgen kein Fortschritt. Das kleine Küken, das gestern noch deutlich im Ei zu spüren war, lässt sich Zeit und arbeitet immer weniger mit. Das Klopfen und Scharren in der Schale wird im Laufe des Vormittags schwächer. Und dann auch noch dies: Tilly zeigt zum ersten Mal mehr Interesse an Donald und Daisy als an ihren Eiern im Nest. Die beiden Ducks sind nämlich heute Morgen mit einer schier unbändigen Energie aufgewacht, haben ein erstes nahrhaftes Frühstück aus Haferflocken in Buttermilch eingeweicht aus einem Eierbecher gefressen und wollen nun offenbar die Welt erkunden. An Schlafen und Ruhe im gewohnten Pullover ist nicht zu denken. Das Wetter ist halbwegs akzeptabel – also hinaus mit den Beiden in den Laufstall im Garten. Von dem unentwegten Gepiepse, mit dem die Küken ihre neue Umgebung erforschen, fühlt sich nun wiederum Tilly angezogen und will partout neben dem Laufstall sitzen bleiben. Und das, wo das letzte Küken im Ei nicht so recht zu wissen scheint, ob sich die Mühe des Schlüpfens wirklich lohnt. Es hilft nichts, Tilly muss noch mal ran und wird kurzerhand auf dem Nest in der Kartoffelkiste eingesperrt.

Donald und Daisy üben inzwischen Laufen. Vor allem Donaldchen, klein, schmächtig und zerbrechlich, nicht mal eine Handvoll Ente aber voller Energie, vermittelt den Eindruck, als ob er es gar nicht erwarten könnte, die ganze Welt am liebsten schon heute zu erobern. Daisy sinkt noch etwas öfter auf dem warmen Heu zusammen, die Augen fallen ihr zu, und der Kopf sinkt irgendwo hin, zur Seite oder nach hinten. Doch mit dem Schlafen wird's schwierig, weil der herumtobende Donald immer wieder über sie stolpert. Zwischendurch schnell ein paar Happen gefressen, mittlerweile hat sich zu den Haferflocken ein Eierbecher mit klitzeklein geschnittenen Brennessel- und Salatblättern gesellt, dann ein kurzer Stop am Wassernapf, einmal kurz hinsetzen und ausruhen – und schon geht die wilde Hatz weiter.

Aber wo bleibt Dussel? Langsam wächst die Sorge, dass es das letzte Küken womöglich nicht schafft. Gegen Mittag sind die Risse in der Eischale grösser geworden, sonst ist nichts passiert. Natürlich weiss man, dass sich manche Küken einen, vielleicht sogar zwei Tage mehr Zeit lassen. Aber es ist so merkwürdig ruhig in dem Ei.

Doch dann endlich, nachmittags um vier das ersehnte Piepsen, selbstverständlich unter der Kartoffelkiste, ganz weit hinten in einem Wust von Stroh und Enten- und Gänseflaum. Dussel ist da. Nass und zitternd, hellbraun wie Daisy, aber ohne die blonden Strähnchen. Klein und schmächtig und fix und fertig. Schon nach einer halben Stunde, die sie ausnahmsweise nicht im Pullover, sondern in einem weichen Handtuch verbringt, ist klar: Dussel hat beim Schlüpfen deutlich mehr gelitten als die beiden Anderen. Sie zittert am ganzen Leib und kann vor Schwäche nicht mal einschlafen. Und sie piepst herzzerreissend, was Donald und Daisy nun ihrerseits mit lauten Rufen beantworten. Und dann kommt auch noch Besuch. Küken besichtigen ist angesagt, und zum ersten Mal wird eine Flasche Sekt zu Ehren der drei Ducks geleert. Endlich sind sie beisammen. Dussel hockt im Laufstall im Heu und trocknet langsam in der warmen Maisonne. Mit dem wilden Willkommenstanz, den die beiden älteren Ducks veranstalten, kann sie überhaupt nichts anfangen. Aber weg will sie auch nicht. Jeder Versuch, sie aus dem Gehege in ruhigere Gefilde umzusetzen, bringt sie derart in Aufregung, dass man schliesslich auf den natürlichen Instinkt der Vögel hofft, und alles lässt wie es ist.

Nun hat auch Tilly Zeit, sich die Kinderschar näher anzusehen. Als Mutter -wenn auch eigentlich nur Leihmutter- denkt man, hat sie das Recht, bei ihren Jungen zu sein. Also wird sie in den Laufstall gesetzt, was jedoch augenblicklich zu einem Chaos führt. Tilly trampelt mit ihren Riesenfüssen die Küken nieder, auch die gerade mal eine Stunde alte Dussel bekommt etwas ab. Damit hat sich Mama Ente selbst disqualifiziert und wird aus dem Laufstall verbannt, worüber sie höchst erleichtert scheint. In den kommenden Wochen wird sie sich immer in der Nähe des Geheges aufhalten und jeden, der sich nähert mit Fauchen empfangen. Aber alle Versuche, sie noch einmal zu ihren Küken zu setzen, scheitern zumeist an Tillys heftigem Protest.

Und die anderen Tiere? Friederike Gans behält die Kükenschar freundlich aber wenig interessiert im Blick und achtet ansonsten akribisch darauf, dass ihr auch jetzt die nötige Aufmerksamkeit samt Streicheleinheiten erhalten bleiben. Die zahlreichen Schaulustigen, die sich in den ersten Tagen einfinden, sind ihr willkommen, wenn auch sie die angemessene Beachtung findet.

Die Katze kommt gelegentlich neugierig vorbei, schaut die Ducks an, hat aber nichts Böses - nein, sie hat eigentlich gar nichts mit ihnen im Sinn, wenn nur ihre eigene Ruhe gewahrt und die Zeiten der Fütterung wie gewohnt eingehalten werden.

Aber der Hund dreht durch. Er ist überhaupt nicht mehr von den Ducks wegzubringen. Zittert geradezu, weil er nicht an sie heran kann. Belagert unentwegt (solange man ihn lässt) den Laufstall, liegt nachts vor der Badezimmertür, die ja leider zu ist und vergisst teilweise, was ihm bisher noch nie passiert ist, sein Futter. Doch merkwürdigerweise sind die Küken von der Aufdringlichkeit des Münsterländers kein bisschen schockiert. Im Gegenteil - schon am zweiten Tag kommen sie an den Zaun des Laufstalls gerannt, wenn die grosse schwarze Nase wieder auftaucht. Das verstehe wer will.

Der erste gemeinsame Tag von Donald, Daisy und Dussel endet wieder in den Blumenschale im warmen Badezimmer. Zum Glück sind die beiden Grossen von ihren Erlebnissen heute genau so müde wie die kleine Dussel, die noch immer nicht so ganz auf der Höhe scheint. In kürzester Zeit haben sich die drei zu einem Knubbel zusammengerollt, und aneinander gekuschelt schlafen sie endlich ein.

Den ersten der drei  kritischen Tage im Leben eines Kükens haben alle irgendwie geschafft.

Morgen sehen wir weiter.

## Ein Sonntag im Grünen

24. Mai

Am Morgen gegen sieben Uhr, als die Katze mit aller Hartnäckigkeit nach ihrem Früh-stück verlangt, sind

auch Donald und Daisy schon putzmunter. Dusselchen blinzelt noch verschlafen, doch als eine kleine Schale mit eingeweichten Haferflocken lockt, rappelt auch sie sich auf, um daran zu schlabbern. Gott sei Dank, sie frisst, ein gutes Zeichen. Danach legen sich alle Ducks noch ein wenig auf's Ohr, genau wie die Menschen.

Doch um neun Uhr gibt es kein Halten mehr. Zumindest die beiden Älteren wollen raus. Donald ist schon aus der Blumenschale geklettert und in der Badewanne gelandet, in der die Schale zur Sicherheit abgestellt war. Daisy will hinterher, aber der entscheidende Sprung scheitert an den noch etwas zu wackeligen Beinchen. Lediglich Dussel schaut einigermassen lustlos in die Welt. Vielleicht sieht die in der frischen Luft ja freundlicher aus. Und weil die beiden Grossen sowieso nicht zu bändigen sind, wird die ganze Duck-Sippe in den Laufstall im Garten bugsiert. Donald und Daisy sind sofort begeistert. Die Wasserschale, die bisher zum Trinken genutzt wurde, wird gestürmt und zur Badewanne umfunktioniert. Rein und raus, mit dem nassen Bauch über die Wiese, fressen, trinken, baden. Das Menü besteht heute aus einem halben hart gekochten Ei, gehacktem Grünzeug und ein paar eingeweichten Haferflocken. Auch Dussel frisst und trinkt ein wenig, versucht ab und zu dem Gerenne der beiden Anderen zu folgen, doch sie hat noch so grosse Probleme, den Laufentenkörper aufzurichten und die Bewegungen mit den wackeligen Beinchen und den grossen Füssen zu koordinieren, dass sie sich schon nach wenigen Schritten wieder hinsetzen muss. Donald und Daisy sind immer um sie herum, wollen sie zum Mitspielen ermuntern, doch irgendwie will sie nicht so recht - und kann wohl auch nicht. Vielleicht fehlt ihr einfach das, was Donald und Daisy an ihrem ersten Lebenstag ausgiebig geniessen konnten: Wärme und Streicheleinheiten. In einer ruhigen halben Stunde wird das endlich nachgeholt. Dusselchen sitzt in der warmen Menschenhand, erst wehrt sie sich noch etwas, doch dann wird sie ganz ruhig. Sie geniesst das leichte Kraulen, am Hals und über den Rücken und ein bisschen am Bauch. Danach schläft sie eine Viertelstunde auf dem Menschenbauch, und als sie aufwacht, rufen Donald und Daisy nach ihr. Zum ersten Mal scheint es, dass auch Dusselchen Anteil am Geschehen nimmt. Als die beiden anderen Ducks in die Wasserschale springen, klettert sie hinterher. Und badet und trinkt und will gar nicht mehr heraus. Als sie dann doch will, kann sie nicht, weil sie mit ihren Beinchen nicht genug Schwung bekommt, um den schweren, weil nassen Bauch über den Rand zu hieven. Die kleine Hilfestellung von Menschenhand nimmt sie wie selbstverständlich an und ein paar Minuten später sitzt sie schon wieder im Wasser. Bis zum Abend gelingt ihr dann auch der Ausstieg ganz ohne Hilfe, gerade so, wie es die beiden Grossen vormachen.

Die können inzwischen schon ganz prima laufen, ja rennen. Jeder Besuch beim Laufstall, egal ob Mensch, Hund, Katze, Gans oder Kükenbesichtigungsbesuch, wird stürmisch und neugierig begrüsst. Donald und Daisy stellen sich dann ganz nah am Zaun auf und bestaunen scheinbar ohne jede Scheu alles Neue. Dussel bleibt eher zurückhaltend. Mit dem Laufen hat sie immer noch Probleme. Schwierig wird's gegen Abend, wenn die für Küken noch viel zu kühlen Temperaturen den obligatorischen Umzug ins warme Badezimmer nötig machen. Da protestieren die beiden älteren Ducks, versuchen, der Hand, die sie einfangen will, zu entkommen. Doch es hilft nichts. Die Blumenschale, die zumindest Donald und Daisy inzwischen spielend leicht verlassen können, wird durch eine Obstkiste, mit Heu ausgepolstert, ersetzt. Durch deren hohe Seitenwände bleiben die Klimmzüge, zu denen Donald unverzüglich ansetzt, erst mal erfolglos.

Heute sind die Ducks noch kein bisschen müde. Sie piepsen noch, wollen fressen und schliesslich auf den Arm um gekrault zu werden. Dussel machen nach wie vor ihre schwachen Beinchen zu schaffen, aber sie versucht tapfer, mitzuhalten.

Egal, jetzt wird erst mal geschlafen, morgen ist wieder ein Tag.

## 25./26. Mai

Langsam kehrt so etwas wie ein Zeitrhythmus im Leben der Küken ein. Morgens um sieben ein frühes erstes Frühstück, gegen zehn Uhr, wenn die Sonne schon wärmt, nach draussen. Die Expeditionen, die die beiden älteren Ducks in ihrem Laufstall unternehmen, werden weiter und grösser, während Dussel zumeist auf dem

Heu sitzen bleibt. Sie frisst und trinkt und versucht gelegentlich, mit Donald und Daisy herum zu tollen. Doch nach zwei, drei Schritten fällt sie schon wieder um und döst vor sich hin. Die beiden Anderen sind rührend besorgt um sie, vor allem Donaldchen ist viel bei ihr und schubst sie ein wenig, aber Dussel bleibt schwach. Natürlich gilt ihr nun auch die meiste Aufmerksamkeit der Menschen, sie wird gewärmt und gekrault, und scheint sich ganz langsam zu berappeln.

## Abschied

28. Mai

Heute Nacht ist Dussel gestorben. Gestern war sie noch wie immer, schwächelnd zwar, aber die Lage schien keineswegs hoffnungslos. Doch dann, abends in der Obstkiste, haben die beiden Grossen scheinbar kurzen Prozess mit ihr gemacht und sie aus dem warmen Heu und der Schlafkiste hinaus geworfen. Als sie gegen zehn Uhr am Abend gefunden wurde, klemmte sie zwischen Kiste und Badewannenrand, schwach, kalt und schon fast leblos. Sofort wurde sie in einen warmen Pullover gesetzt und mit der Hand zusätzlich gestreichelt und gewärmt. Nach einer Stunde dann ein erstes zaghaftes Piepsen und leichte Bewegungen. Vielleicht schafft sie es ja doch noch. Los Dusselchen, reiss dich zusammen, leb!

Kann ein Mensch Lebenswillen und Energie auf ein Entenküken übertragen? Kurze Zeit scheint es möglich. Gegen Mitternacht wächst die Hoffnung. Dussel piepst und bewegt sich etwas kräftiger. Damit der Erfolg nicht abreisst, wird sie mit ins Bett genommen, gekrault, beruhigt. Sie ist nun ganz warm, schläft ein bisschen in der Menschenhand ein. Plötzlich, nach einer guten halben Stunde, wird der kleine Körper in der Hand ganz leicht und schlaff. Dussel ist tot.

Komisch, ausgerechnet jetzt sieht sie zum ersten Mal aus, als ob sie lebt. Das Köpfchen ist erhoben, der Flaum an ihrem Körper trocken, warm und weich. Aber sie lebt nicht mehr, kein Zweifel. In ihrer ganzen Entwicklung ist sie im Grunde auf dem Stand eines einen Tag alten Kükens stehengeblieben: sie ist viel kleiner als die beiden Anderen, der Flaum steht immer noch vom Körper ab. Wir wollten das alles nur nicht wahr haben. Vier Tage lang hat sie durchgehalten und gekämpft um's Überleben. Oder haben wir uns auch das nur eingeredet? Vielleicht war sie einfach zu schwach für die Welt? Oder krank, oder haben wir etwas falsch gemacht? Was hilft das alles jetzt noch? Der Mensch kann die Natur nicht überlisten, auch wenn er noch so sehr will. Dussel lebt nicht mehr, und das ist traurig.

Am Morgen ist die Stimmung getrübt. Bei den Menschen, nicht bei den Ducks. Sie wollen ihr Frühstück und später in den Garten, so, als sei nichts geschehen. Dussel wird unter dem grossen Weidenbusch beerdigt.

## Singing in the rain

29. Mai

Heute ist der erste kühle Regentag im Leben von Donald und Daisy. An den Laufstall im Garten ist nicht zu denken. Aber was tun? In der Obstkiste drehen sie vor Temperament fast durch. Die Rettung naht in Form eines Kindersandkastens aus Plastik. Der diente der Gans einst als Bademöglichkeit, bis er im Winter bei strengem Frost undicht wurde. Jetzt ist darin das Heu für die Küken aufbewahrt. Diese Wanne wird nun also kurzerhand samt Heu ins Bügelzimmer bugsiert, da ist genug Platz, und ausserdem kommt der Hund nicht so ohne weiteres hinein. Der ist immer noch ganz verrückt nach den Küken.

Für die Ducks ist es ein ganz neues Erlebnis. Sofort inspizieren sie die neue Umgebung, und es dauert gar nicht lange, da spazieren sie schon auf dem Rand der vielleicht zwanzig Zentimeter hohen Wanne herum. Ausserdem geniessen sie offensichtlich, dass sie den Menschen hier näher sind als draussen in ihrem Laufstall. So wird der Regentag noch ein richtig schöner Tag für sie. Am Nachmittag stolzieren die beiden Enten bereits durch's ganze Zimmer und piepsen nur dann laut und kläglich, wenn kein Mensch da ist, um sie wieder zurück in ihre Heuwanne zu setzen, denn raus kommen sie zwar allein, aber nicht zurück. Und in der Wanne steht das Futter...

Ein solcher Tag bringt auch die Menschen auf neue Ideen. Heute sind Donald und Daisy eine Woche alt, da könnte man sie doch mal wiegen. Donald bringt fast 60 Gramm auf die Waage, Daisy eher so um die 55. Laut Geflügelbuch hätten sie danach etwas Übergewicht. Aber was macht das schon? Hauptsache, sie sind fröhlich und munter und haben immer Hunger. – Hauptsache, sie leben. Im Gegensatz zu den Menschen scheinen sie Dussel nicht zu vermissen.

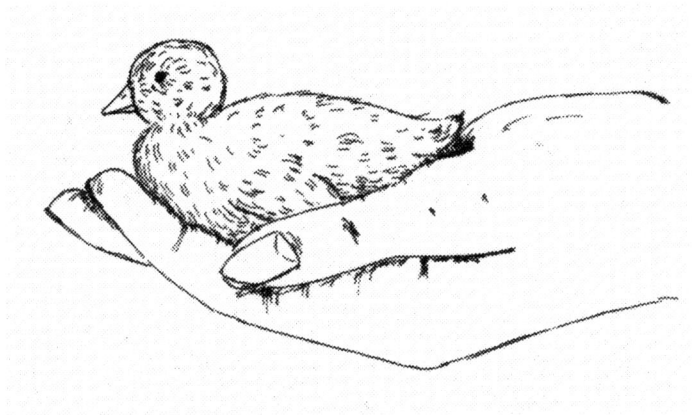

## Kükenmarotten

30./31. Mai

Fast könnte man glauben, dass Donald und Daisy mit Dussel auch eine Art Ballast abgestossen haben. Seit die Kleine nicht mehr da ist, haben die Küken einen regelrechten Entwicklungsschub erlebt. Sie sind gewachsen, rasen auf den inzwischen kräftigen Beinchen durch den Laufstall und würden am liebsten schon vom ganzen Garten Besitz ergreifen. Donald ist nach wie vor der eindeutige Anführer, aber Daisy steht ihm an Temperament und Appetit nur wenig nach. Donald ist ausserdem ein begeisterter Schwimmer und hüpft oft in die Wasserschale, spritzt sich das Wasser über Kopf und Rücken und putzt sich anschliessend, ganz wie die erwachsene „Verwandtschaft" Tilly und Friederike. Daisy hält sich da eher zurück, doch wenn Donald im Wasser sitzt, hockt sie im Gras ganz dicht daneben und bekommt so eine Menge Spritzer ab, was dann auch für sie Anlass zu ausgiebiger Körperpflege ist.

Wenn es den Ducks zu langweilig wird, piepsen sie laut und ausdauernd, so lange, bis entweder der Hund oder ein Mensch kommt und sich mit ihnen beschäftigt. Das Gleiche praktizieren sie auch, wenn sie merken, dass die Menschen nach Hause kommen. Genau wie der Hund und die Gans reagieren sie schon, ehe sie die Heimkehrer überhaupt sehen können. Und dann verlangen sie nach einer ordentlichen Begrüssung, stehen ganz dicht am Zaun des Laufstalls und lassen sich die Bäuche kraulen. Nicht sehr lange, denn schon fällt ihnen wieder etwas Anderes ein, und sie rennen fort. Aber die Begrüssung muss sein.

Tilly kümmert sich scheinbar überhaupt nicht mehr um den Nachwuchs. Morgens schaut sie zusammen mit der Gans zu, wenn die piepsenden Küken ihr Quartier im Laufstall beziehen, doch dann zieht sie sich zurück und lebt wie früher: ein bisschen fressen, schlafen und im Gefolge der Gans durch den Garten spazieren. Ihren Beobachtungsposten in der Nähe der Ducks hat sie aufgegeben. Vielleicht sind Tiere ja doch viel klüger als Menschen. Möglicherweise weiss die alte Ente, dass das Sorgenkind nicht mehr da ist, und dass sie sich um die beiden Anderen nicht mehr kümmern muss.

Auch der Hund ist im Umgang mit den Küken gelassener geworden. Er kommt, wenn sie lautstark rufen, und wenn sie dann zufrieden sind, trottet er wieder davon.

Mittlerweile geben Donald und Daisy auch sehr deutlich zu verstehen, was sie gerne fressen und was nicht.

Kükenfutter mögen sie gar nicht. Die gesunde Vitaminmischung aus Brennessel- und Löwenzahnblättern lassen sie auch stehen und zupfen lieber selbst an der Wiese herum. Aber Haferflocken in Buttermilch eingeweicht - das ist der Hit. Haferflocken in Wasser schmecken dagegen nicht besonders. Getreideschrot in Buttermilch würde gut schmecken, wenn man es nur schon besser kauen könnte, und so bleiben die gröberen Körner liegen. Nudeln, ganz klein gehackt, sind scheinbar auch nicht übel, aber Nudeln in Buttermilch sind besser. Innerhalb ihrer ersten zehn Lebenstage haben Donald und Daisy schon einen Halbliterbecher Buttermilch geschafft.

Nachts kuscheln sich die Küken immer noch in ihrer Obstkiste im Badezimmer zusammen, unter dem Heu liegt zur Vorsicht eine gut temperierte Wärmflasche. Sobald es dunkel ist, schlafen die Beiden, bis sie am nächsten Morgen hören, dass die Katze gefüttert wird. Dann wollen auch sie ein Frühstück. Nächste Woche werden sie sich umgewöhnen müssen. Dann wird ein Entenhaus geliefert, in dem die Ducks künftig übernachten sollen. Vielleicht gewöhnen sie sich daran und gehen künftig ohne grossen Protest jeden Abend hinein, damit sie auch später vor Fuchs und Marder sicher sind. Bei Tilly und Friederike hat so etwas nie geklappt. Die schlafen zwar gelegentlich zusammen in ihrer Kartoffelkiste, aber nur freiwillig, und wenn die Tür offen bleibt, damit sie jederzeit kommen und gehen können, wie sie wollen. Aber die Beiden kennen die Gefahren der Nacht inzwischen, und Friederike passt auf Beide auf. Doch für die unerfahrenen Ducks, die von Gefahren nichts wissen und bisher nichts fürchten was ihnen begegnet, scheint ein sicheres Haus doch eher angebracht.

## Sieh mal an, die Gans

2. Juni

Heute kam zum ersten Mal, seit die Küken geschlüpft sind, Besuch mit Kindern. Natürlich waren Donald und Daisy sofort die Attraktion, und nichts hätten die drei und fünf Jahre alten Mädchen lieber getan, als die Beiden umgehend aus dem Laufstall zu nehmen. Doch was den Menschen wohl nur schwer gelungen wäre und zu heftigem und vermutlich tränenreichem Protest geführt hätte, das regelte Friederike in ihrer unvergleichlichen Art. Ausgerechnet sie, die bisher kaum Interesse an den Ducks gezeigt hatte, baute sich sofort zwischen Terrasse und Kükenlaufstall auf und begann ein furchteinflössendes Geschnatter. Mitten im Lauf hielten die Kinder inne. Kein Murren, nur grosses Staunen und Respekt. Nachdem die Gans sicher war, dass das Kükengehege unbehelligt bleiben würde, drehte sie sich um und zuckelte friedlich grasend davon. Die Kinder behielten -ohne auch nur den geringsten Widerstand- die Wiese, die Gans und die Küken von der sicheren Terrasse aus im Auge. Und erst, als die Ducks von geübter Hand herbeigeholt und vorsichtig zum Streicheln präsentiert wurden, kamen sie ganz ruhig und vorsichtig heran und strichen mit einem Finger über den Flaum der Entchen, die so auch ihren Spass an der Vorführung hatten. Danach kehrten die Ducks zurück in ihren Laufstall und machten ein Nickerchen, und die Kinder beobachteten sie weiter aus sicherer Entfernung.

Alles in allem also ein höchst erfreulicher Besuch. Danke Friederike, Du bist und bleibst einfach die Grösste.

3.Juni

Wieder ein verregneter Morgen. Bis gegen Mittag mussten die Ducks in ihrer Schlafkiste in der Badewanne ausharren. Sie taten es erstaunlicherweise mit grosser Gelassenheit und dösten vor sich hin, so dass sich schon leichte Besorgnis einstellte, die Küken könnten womöglich krank sein. Doch als es dann endlich doch noch in den Garten ging, waren sie wieder fidel wie immer.

Heute ist auch das künftige Entenhaus angekommen. Eigentlich eine mittelgrosse Hundehütte aus Holz, aber mit einer Tür versehen und wunderbar für das Geflügel zu gebrauchen. Die Hütte steht jetzt direkt neben der Kartoffelkiste von Tilly und Friederike. Doch angesichts der kühlen Temperaturen draussen schlafen Donald und Daisy doch vorsichtshalber noch mal auf der Wärmflasche in der Badewanne. Vielleicht übermorgen, wenn die Küken zwei Wochen alt sind, wird der Umzug in Angriff genommen. Mal sehen - es eilt ja auch nicht.

## Das neue Haus

5. Juni

Heute werden die Ducks zum ersten Mal draussen übernachten. Nach mehr als dreissig Grad am Tag wird die Nacht lau bleiben - beste Voraussetzungen also, den Umzug zu wagen. In der Obstkiste wird es langsam ohnehin eng für die Beiden. Ihre Körpergrösse und ihr Gewicht haben sich in der vergangenen Woche verdoppelt. Beim heutigen Check brachten sowohl Donald als auch Daisy 120 Gramm auf die Waage.

Gestern wurde bereits ein Probewohnen im neuen Entenhaus durchgeführt. Donald reagierte zunächst mit heftigem und anhaltendem Protest in Form von lautstarkem Piepsen auf die neue Umgebung. Daisy nahm's wesentlich gelassener. Und als es anfing zu dämmen, schlief auch der kleine Erpel friedlich im Heu ein. Fast bedauerlich, sie noch einmal zu wecken, um sie ins Haus zu tragen. Aber das neue Refugium musste ohnehin noch fertig eingerichtet werden. Unter dem Heu ist jetzt noch eine dicke Strohschicht, und für die erste Nacht ist auch die Wärmflasche mit umgezogen.

Natürlich gab's am Anfang wieder Gemecker bei den Ducks. Doch nur kurz. Einmal müssen sie schliesslich lernen, dass sie keine Haustiere, sondern Gartenbewohner sind. Aber irgendwie fehlen sie doch ein bisschen. Im Badezimmer schauen Hund und Katze anklagend in die Obstkiste, die noch in der Badewanne steht, und vor allem der Hund, der sich in den letzten Tagen geradezu rührend um die Ducks gesorgt hat, würde am liebsten vor dem Entenhaus schlafen. Aber da wacht -das ist gewiss- Friederike Gans. Pass gut auf die beiden Küken auf, Rike, damit ihnen nichts passiert.

7. Juni

Die grosse Hitzewelle ging heute Nachmittag mit einem plötzlichen und heftigen Gewitter zu Ende. Im Sauseschritt mussten die Ducks deshalb früher als gewöhnlich in ihr Entenhaus umziehen. Doch inzwischen akzeptieren sie das relativ gelassen, zumal sie wissen, dass im Haus immer noch ein Leckerchen und frisches Wasser bereit stehen. Die Wärmflasche ist für die Nacht, die wohl kühler wird als die beiden vorangegangenen, wieder dabei. Gegen die Feuchtigkeit gab's zudem noch eine Plastikplane übers Dach.

Mittlerweile sind die Küken aber so gross und mit dichtem Flaum geschützt, dass ihnen das Wetter hoffentlich nichts mehr anhaben kann. Hoffentlich, denn seit dem Tod von Dussel bleiben immer Zweifel, ob man alles richtig macht.

Schwierig wird's morgen, falls das Wetter kühl und regnerisch bleiben sollte. Dann ist auch die Wiese im Laufstall nass – und nass und kühl ist immer gefährlich.

Ansonsten scheinen die Ducks jetzt langsam ins Flegelalter zu kommen. Sie jagen schon nach kleinen Insekten, stellen sich dabei aber noch ziemlich ungeschickt an, weil sie mit ihrem Temperament die Fliegen und Mücken eher verscheuchen als erwischen. Dabei rennen sie wie die Wiesel durch ihren Laufstall.

Vor allem Donald würde am liebsten alle Schranken niederreissen. Zuweilen beisst er in den Drahtzaun und gibt zu verstehen, dass er -so wie die Grossen- heraus will, um durch den ganzen Garten zu toben. Doch das wird noch ein paar Tage dauern. Und einen Appetit haben die Beiden entwickelt. Mit dem Eierbecher voll Futter kommt man jetzt nicht mehr weit.

Inzwischen sind alle im Haushalt entbehrlichen Schüsselchen im Kükeneinsatz und ruckzuck leergefressen. Auf der Wiese versorgen sie sich zusätzlich mit Grashalmen und mit Steinchen und Erde. Da sich die Enten-Ziehmutter Tilly nie um die Küken gekümmert hat, ist die Suche nach dem richtigen und notwendigen Futter wohl ein angeborener Instinkt, den Donald und Daisy zum Glück mitbekommen haben.

# Zwei Ziehkinder werden erwachsen

9. Juni

Langsam fangen die Probleme mit den Ducks an. Sie sind jetzt eigentlich gross genug, um ihren Laufstall zu verlassen und den ganzen Garten zu erforschen. Aber sie haben keine Entenmutter, unter deren Obhut sie - geschützt vor Gefahren und Dummheiten- umher ziehen könnten. Für den Menschen ist es indessen fast unmöglich, die wieselflinken Küken stets im Auge zu behalten, ganz abgesehen von den Schwierigkeiten, sie wieder einzufangen. Friederike und Tilly zeigen keinerlei Absichten, die Führungsrolle für die Kids zu übernehmen, die Katze hält sich sowieso aus allem heraus. Einzig der Hund ist immer um sie herum, aber der nervt sie nun wiederum mit seiner innigen Fürsorge mehr, als er ihnen nützt. Trotzdem haben die ersten kurzen Ausflüge gezeigt, dass Donald und Daisy jetzt zunehmend selbständig werden müssen.

Ein weiteres Problem bereitet das Wetter. Die Schafskälte ist über uns hereingebrochen mit Dauerregen und Temperaturen um 13 Grad. Draussen ist es nasskalt. Donald und Daisy, jetzt knapp drei

Wochen alt, sind über Nacht wieder im Menschenhaus einquartiert worden. Aber zum ersten Mal fühlen sie sich dabei scheinbar auch nicht mehr sonderlich wohl. Sie langweilen sich, zupfen an der Tapete und sich gegenseitig den Flaum am Hals aus. Das hat also auch keine Zukunft. Und die soll es ja auch nicht haben, denn die Ducks gehören zur „Verwandtschaft" in den Garten. Aber wie macht man's richtig? Als Mensch, der doch überhaupt nicht weiss, wie sich Enten fühlen - Küken zumal. Wäre da nicht die bleibende Unsicherheit nach dem Tod von Dussel, gingen wir vermutlich sehr viel unbekümmerter an die Sache heran. Doch die Angst vor weiteren Katastrophen beeinträchtigt den Verstand und den Instinkt.

## Wie die Grossen

14. Juni

Seit drei Tagen leben Donald und Daisy nun ausschliesslich draussen. Drei Tage, in denen der schon so heftig über uns herein gebrochene Sommer sich zurückgezogen hat. Das Wetter ist kühl und regnerisch, aber die Ducks haben sich arrangiert. Sie können sehr wohl zwischen nassen und trockenen Ecken im Garten und auf der Terrasse unterscheiden und verbringen zudem ganz freiwillig Stunden in ihrem Entenhaus, in dem sie sich zusammenkuscheln und ausruhen, bis Hunger, Durst und vor allem Unternehmungslust sie wieder hinaustreiben. Die Tür wird nur nachts abgeschlossen, tagsüber können sie rein und raus wie sie wollen. Auf diese Art haben sie die Hütte jetzt als ihr zuhause akzeptiert. Wenn sie spazieren gehen, entfernen sie sich noch nicht allzu weit von der gewohnten Umgebung. Sie sind immer in der Nähe der Schlafstelle oder beim Haus. Und vor allem sind sie immer zusammen. Wenn einer losrennt, läuft der Andere hinterher. Die Beiden sind absolut unzertrennlich und auch in ihrer Entwicklung gleichauf.

Das Wiegen vorgestern, als die Küken drei Wochen alt waren, musste ausfallen, weil die Ducks nicht mehr herumgetragen werden wollen. Sicherlich könnte man sie einfangen, aber das würde sie nur erschrecken und verstören – und warum sollte man ihnen das antun, wo es offensichtlich ist, dass die Beiden stetig wachsen und putzmunter sind. Wenn sie aufrecht laufen, haben sie inzwischen ungefähr die Grösse einer Bierflasche. Sie fressen, wann immer sich Gelegenheit dazu bietet. Die Renner sind jetzt klein geschnittene Salatblätter, weiches Körnertoastbrot, Reis und Kükenfutter. Buttermilch und Haferflocken sind out. In den Nächten, die zuletzt mit sieben Grad empfindlich kalt waren, ist die Wärmflasche im Heu ihr ständiger Begleiter. Zudem haben wir an die Aussenseite des Entenhauses im Ofen erwärmte Backsteine gelegt. Ob es etwas nützt, weiss kein Mensch, aber es beruhigt. Morgens, wenn die Tür geöffnet wird, kommen die Beiden fröhlich zum Vorschein und verlangen nach einem Frühstück.

Friederike hat sich inzwischen als Wächterin über das Wohl der Ducks unentbehrlich gemacht. Sie behält die Küken immer im Auge, verscheucht die Katze mit einem Fauchen und akzeptiert nur sehr ungern, dass Donald und Daisy eigentlich den Hund am meisten lieben. Zu ihm laufen sie hin und werfen sich ihm vor die Pfoten, doch seine innige Art verschreckt sie dann auch wieder. Es gibt unentwegt Missverständnisse. Wenn Daisy anfängt, am Hundeschwanz oder an den Haaren an seinen Pfoten zu knabbern, springt der Hund entnervt auf, weil er das überhaupt nicht mag. Andererseits hassen es die Küken offensichtlich, wenn die Hundenase sie beschnuppert, oder wenn sie gar abgeschleckt werden. Hier müssen beide Seiten noch viel lernen. Die Einmischung des Menschen hat sich dabei als falsch erwiesen. Wenn man dem Hund nämlich sagt, er soll die Küken in Ruhe lassen, dann kommen über kurz oder lang Donald und Daisy wieder angerannt und suchen seine Nähe.

 Einzig Tilly hat sich aus dem ganzen Geschehen völlig abgemeldet. Sie zuckelt allein durch die Büsche und hat wieder angefangen, Eier zu legen. Gebrütet wird zum Glück noch nicht, aber der Igel, der scheinbar immer noch in der Nähe ist, hat sich schon wieder ein paar Eier geholt. Diesmal ist es

uns egal. Denn dass wir Tilly noch einmal zu Mutterfreuden verhelfen, halte ich angesichts ihres Verhaltens Donald und Daisy gegenüber doch für ausgeschlossen.

## 16. Juni

Es ist zwar immer noch nicht viel wärmer draussen, aber heute müssen die Ducks mal ohne ihre Wärmflasche schlafen. Noch ehe die nämlich gefüllt werden konnte, haben sich die Küken schon in ihr Haus zurückgezogen und zusammengerollt. Die Erfahrung bisher hat gezeigt, dass sie sich immer mächtig aufregen, wenn sie danach noch mal gestört und aufgeschreckt werden. Und das wäre gerade jetzt, wo Donald und Daisy etwas zutraulicher dem Menschen gegenüber werden, ganz schädlich. Zu Anfang, als die Beiden ohne Laufstall in die Freiheit entlassen worden waren, zeigten sie sich sehr skeptisch und scheu, vermutlich, weil sie Angst hatten, sie würden wieder eingefangen. Jetzt scheinen sie langsam zu verstehen, dass da keine Gefahr besteht, aber sie bleiben auf der Hut. Das zeigt sich daran, dass sie zwar angelaufen kommen und die Nähe des Menschen suchen, aber stets auf dem Sprung sind, wenn man sich bückt oder zu hastige Bewegungen macht. Ganz anders ist ihr Verhalten gegenüber Hund und Gans. Hier sind sie furchtlos und mischen kräftig mit, vor allem, wenn es ums Fressen geht. Sie verteidigen ihr Futter und machen sich auch über die grossen Salatblätter her, die für Tilly und Friederike gedacht sind. Die beiden Alten lassen sie gewähren. Wundersamerweise haben alle Tiere im Haushalt das natürliche Vorrecht der beiden Kleinen akzeptiert, so gierig und futterneidisch sie sich auch sonst aufführen. Und die Ducks lernen täglich dazu.

So haben sie auch längst bemerkt, dass Hund, Gans und Ente stets am Gartenzaun stehen, wenn dort die Nachbarin auftaucht. Die wird heiss geliebt, weil sie für alle immer ein Leckerchen bereithält. Ein bisschen Grünzeug für Friederike, Tilly bevorzugt eher die eine oder andere Schnecke, weil sie in unserem Garten kaum noch welche findet, und der Hund nimmt, was immer er kriegen kann. Anfangs beobachteten die Ducks diese Vorgänge aus sicherer Entfernung, aber heute schlossen sie sich der Gruppe am Zaun zum ersten Mal an. Allerdings noch vergeblich, denn die

Nachbarin war nur in ihren Garten gekommen um ein paar Radieschen zum Abendessen zu ernten. Aber in den nächsten Tagen werden sie schon noch etwas von den „Segnungen" mitbekommen.

Blöderweise ist inzwischen auch das erste Kilo Kükenfutter aufgefressen. Die grossen abgepackten Pakete aus der Grosshandlung wollten wir für die Ducks nicht kaufen, weil die für die richtigen Zuchtbetriebe zusammengestellt sind, da weiss man nicht so genau, was alles drin ist. So haben wir das Kükenfutter offen in einer kleinen Mühle im Nachbardorf geholt. Aber die hat leider immer dann zu, wenn berufstätige Leute Zeit hätten, dort einzukaufen. Also müssen Donald und Daisy bis zum nächsten Samstag mit Getreideschrot Vorlieb nehmen, das wir von einem Bauern bekommen haben.

17. Juni

Die Ducks werden jetzt täglich ein bisschen erwachsener. Der dichte Flaum wächst sich zu kleinen Federn aus. Und heute konnte auch zum ersten Mal beobachtet werden, dass sie ihre Fettdrüse benutzen um das Gefieder einzufetten. Ob da tatsächlich schon etwas kommt, weiss ich nicht, aber der Reflex ist jedenfalls da. Andererseits könnte es aber auch durchaus schon funktionieren, denn wenn die Beiden ins Wasser hüpfen, ist nicht mehr zu erkennen, dass sich der Flaum so wie in den ersten Tagen vollsaugt.

Auch Friederike ist offenbar der Ansicht, dass Donald und Daisy nicht mehr so recht in die „Kinderstube" passen. Das zeigt sich, wenn es Futter fürs Geflügel gibt. Da lässt sie den Kleinen nun nicht mehr so ohne weiteres - und vor allem nicht mehr so geduldig- den Vortritt.

22. Juni

Die Ducks sind jetzt einen Monat alt. Die Federchen wachsen besonders an den Flügeln schon ganz ordentlich. Und die Youngsters haben inzwischen endgültig begriffen, dass unsere Nachbarin eine unerschöpfliche Quelle der Freude für die Tiere ist, mit ihren kleinen Leckerbissen, meistens Salat, der geschossen und damit für Menschen kein Genuss mehr ist, aber für Gänse und Enten. (Sogar der Hund klaut aus reinem Futterneid gerne ein paar Blätter) Obwohl also Donald und Daisy erst ganz langsam etwas grössere Ausflüge durch den Garten unternehmen, rasen sie doch im Sauseschritt herbei, wenn sich am Zaun etwas tut. Eifrigster Fan der Fütterung über den Zaun ist übrigens Tilly, die umgehend zur Stelle ist, wenn die Nachbarin sie mit Namen ruft, denn dann gibt's meistens ein paar Schnecken, nur für sie.

Die Jungenten haben dagegen offenbar noch nicht erkannt, was ihnen der Garten alles an Delikatessen zu bieten hat. Sie verlassen sich weitestgehend auf die Fütterung durch den Menschen und knabbern ansonsten ein bisschen an der Wiese herum.

Tilly hat eine neue Marotte entwickelt: sie rennt jetzt fort, so schnell und so weit sie kann, wenn die Ducks im Anmarsch sind. Das ist nun wirklich eine Entwicklung, die im Augenblick völlig unerklärlich scheint.

Der Hund hat inzwischen ein normales Verhältnis zu den Küken: er lässt sie gewähren und schnuppert nicht mehr dauernd an ihnen herum. Es ist mehr ein freundschaftliches Nebeneinander zwischen den Dreien.

Die Ducks entwickeln sich prächtig in der Freiheit ohne ihren Laufstall. Während sie in den ersten Tagen immer auf der Hut vor dem Menschen waren, haben sie nun kapiert, dass von dieser Seite wohl nichts zu befürchten ist, und so kommen sie jetzt so nah heran, dass man mit dem Finger ihren Schnabel berühren kann. Sie sind immer noch vorsichtig, zeigen aber deutlich Freude, wenn man kommt, folgen dann auch -verbotenerweise- ins Haus und müssen energisch wieder hinaus gescheucht werden. Aus der Hand fressen sie noch nicht, aber das scheint nur eine Frage der Zeit und der Geduld zu sein. Und was besonders angenehm ist: wenn es abends dunkel wird, gehen sie freiwillig in ihre Hütte, so dass man nur noch die Türe schliessen muss.

## Jeden Tag ein kleiner Fortschritt

26. Juni

Die Ducks sind mittlerweile die Lieblinge von Besuchern und Nachbarn. Man mag kaum aufhören, sie zu beobachten, wenn sie durch die Gegend laufen, die langen Beine nach vorn werfend und den Oberkörper hoch aufgerichtet. Eine Freundin hat gesagt: „Die laufen wie die Figuren der Augsburger Puppenkiste." Und damit hat sie genau ins Schwarze getroffen. Die Zwei sind viel in Bewegung, haben nach wie vor dauernd Hunger, und weil sie sich beim Fressen gegen Friederike und Tilly durchsetzen müssen, hat Donaldchen jetzt den Trick entdeckt, einfach mit einem grossen Salatblatt abzuhauen, irgendwohin auf die Wiese und Daisy natürlich im Schlepptau. In gebührendem Abstand von Gans und Ente setzen sie sich dann hin und zerlegen das Salatblatt.

Der Flaum ist etwa zur Hälfte in Federn übergegangen, vor allem an Flügeln und Bauch sind die Beiden schon recht hübsch gemustert, in hell- und dunkelbraun mit ein bisschen orange. Insgesamt aber sind sie eher in der „hässliche Entlein"-Phase, mit dem Gemisch aus Flaum und Federn.

Nachdem es immer Ärger gab, wenn Donald und Daisy versucht haben, die Badewanne von Friederike zu stürmen - das darf höchstens Tilly und auch die nur, wenn die Gans ganz besonders guter Laune ist- haben die Kleinen jetzt ihren eigenen Badezuber. Der ist relativ niedrig, für die Enten ein Heidenspass, für die

Gans aber zu eng. Damit sind die Fronten hoffentlich geklärt. Ein paar Mal am Tag nehmen die Ducks nun ein ausführliches und heftig spritzendes Bad.

Überhaupt scheinen die Beiden mit sich und der Welt völlig zufrieden zu sein. Darf man sagen, jetzt sind sie wohl über den Berg? Man soll ja nichts verschreien, aber es könnte so sein.

## Zwischentierisches

29. Juni

Zwei Dinge stehen fest:

1. Die Gans ist eindeutig wieder Chefin im Garten und hat auch die Ducks völlig „unter ihrer Fuchtel".

2. Die Gans ist eifersüchtig auf die Enten und zwar auf alle drei.

Ersteres ist kein grosses Wunder, weil Friederike schon immer dominant war, und Tilly sich das auch ohne allzu viel Gegenwehr gefallen lässt, wenn sie nicht gerade Eier legt oder brütet. Die Ducks sind jetzt über die Babyphase hinaus, und damit müssen sie sich ebenfalls der Hierarchie unterordnen. Das zeigt sich zum Beispiel darin, dass sie zwar meckernd aber schnellstens den Futternapf räumen, wenn Friederike im Anmarsch ist. Das zeigt sich auch beim Erforschen des Gartens. In ihrem gewohnten Kreis zwischen Entenhaus, Terrasse und dem angrenzenden Rasenstück lässt die Gans sie gewähren. Aber wenn Donald und Daisy weitere Ausflüge unternehmen, werden sie von der Gans argwöhnisch beäugt und nicht selten zurück gescheucht. Mal sehen, wie lange Friederike das durchhält, denn die Kleinen sind hartnäckig.

Andererseits besteht aber kein Zweifel daran, dass die Gans auch die beiden Jungenten jetzt zur „Familie" rechnet und sie im Ernstfall gegen jede Gefahr verteidigen würde. Das geht schon los, wenn Nachbars Katzen in den Garten kommen oder auch bei Besuch, den sie möglichst von den Ducks fernhalten will.

Eifersüchtig war die Gans schon immer: auf den Hund, auf die Katze und vor allem auf Tilly, die sich nämlich liebend gern auf den Arm nehmen und kraulen lässt. Dann streckt Friederike ihren Hals lang nach vorn, bekommt einen grantigen Blick und schimpft vor sich hin. Die gleichen Symptome zeigt sie jetzt gegenüber den Ducks. Dabei wird sie nicht wirklich vernachlässigt,

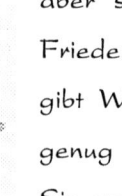 aber sie hat scheinbar das Gefühl. Friederike war seit jeher launisch. Es gibt Wochen, da kann sie gar nicht genug Kontakt zum Menschen haben. Sie verfolgt ihn auf Schritt und Tritt und verlangt nach Streicheleinheiten, am liebsten unter den Flügeln und unter dem Hals. Und dann -von einem Tag auf den anderen- ist Schluss. Sie schreit dann auch viel und laut, was sie sonst kaum tut, sie meckert an allem und jedem herum, und sie mag nicht angefasst werden. Sie ist zwar immer in der Nähe, doch wenn man die Hand ausstreckt, macht sie den entscheidenden Schritt zurück, so dass man nicht an sie heran kommt. Auch nach Jahren habe ich nie herausgefunden, was die Auslöser für diese Granteleien sind. Vielleicht die nahende Mauser, dann ist sie immer zickig; vielleicht die Eierlegephase, aber die ist jetzt überhaupt nicht fällig. Oder sind es

tatsächlich subjektive Gefühle wie Angst oder Eifersucht? Immer wieder hat unsere Gans bewiesen, dass sie gescheit und sensibel ist und nachweislich ein reges Gefühlsleben hat. Sie kann diese Gefühle durch Laute und durch Körpersprache äussern, und wahrscheinlich liegt ein Hauptübel darin, dass der Mensch in seiner Oberflächlichkeit zu wenig auf diese Zeichen achtet und eingeht. So könnte zum Beispiel auch ein Grund für die derzeitige Krise die neu abgesperrte Terrasse sein. Die Gans liebt es nämlich ausserordentlich, direkt vor der Gartentür des Hauses zu sitzen oder noch besser mit den Menschen zusammen auf der Terrasse. Sie benimmt sich dann wie ein Hund: sitzt stundenlang neben dem Stuhl und bettelt, wenn es etwas (für Menschen) zum Essen gibt. Im Winter, wenn es friert und hoher Schnee liegt, ist die Terrasse auch für die Gans offen, weil sie überdacht und deshalb relativ schneefrei ist. Aber im Sommer, wenn der Platz quasi zum Wohnzimmer wird, hat die ständige Anwesenheit von Friederike den entscheidenden Nachteil, dass die Terrasse dann auch nach Gans aussieht, weil nun mal unentwegt etwas aus der Gans herauskommt. Also gibt es einen kleinen Holzzaun zwischen Terrasse und Wiese. Der ist gerade mal dreissig Zentimeter hoch, so dass

Friederike zwar drüber gucken aber nicht drüber klettern kann. Und das ärgert sie um so mehr, als die Ducks immer ein Schlupfloch finden und so die Terrasse nach belieben entern können, was derzeit auch noch geduldet wird. Für Friederike ist das jedoch scheinbar eine inakzeptable Ungerechtigkeit, gegen die sie auf ihre Art protestiert. Wie auch immer - im Moment ist jedenfalls jeder Versuch, sie gnädig zu stimmen, zum Scheitern verurteilt.

30. Juni

Heute haben die Ducks zum ersten Mal Bekanntschaft mit dem Rasenmäher gemacht. Wie alle Jungtiere, die vorher noch keinen Anlass zur Angst hatten, zeigten sie sich völlig furchtlos und tippelten munter weiter auf der Wiese herum, so dass man fast aufpassen musste, sie nicht zu überrollen.

Ausserdem scheint es so, als ob ihr permanenter Heisshunger langsam etwas nachlässt. Sie stürzen sich zwar nach wie vor auf jedes angebotene Futter, doch schlingen sie es nicht mehr so gierig hinunter, lassen zuweilen sogar noch Reste im Topf zurück. Dafür entdecken sie mehr und mehr die Gräser und Kräuter im Garten. Ob sie auch schon Schnecken fressen, weiss ich nicht. Gesehen habe ich es jedenfalls noch nicht.

3. Juli

Während die Ducks jetzt zu zwei Dritteln gefiedert sind und ihre Tage recht munter zwischen Entenhaus, Wiese und Badewanne verbringen, ist Friederike in der Mauser und entsprechend schlecht gelaunt. Alle drei Enten tragen's mit Fassung und gehen der Gans, wo immer möglich, aus dem Weg. Tilly ist mit der Suche nach Schnecken beschäftigt, weil es seit gestern regnet, und Donald und Daisy haben ihre Leidenschaft fürs Schwimmen entdeckt und hocken stundenlang in Friederikes Badezuber, was im Augenblick gnädig geduldet wird, zumal das Wasser eh schon wieder ziemlich trübe ist und erneuert werden müsste. Friederike mag kein trübes Badewasser. Statt dessen ist sie mit dem Federwechsel beschäftigt. Sie fühlt sich nicht wohl „in ihrer Haut", zupft vorne und hinten, putzt und schüttelt sich und verliert ohne Ende Federn.

Gerade sind die mittelgrossen von den oberen Flügeln dran, aber es liegt auch schon die eine oder andere lange Gänsekielfeder von den hinteren Flügelenden auf der Wiese. Diese „Bilderbuchfedern" sind heiss begehrt bei allen kunstbeflissenen Bekannten, die sie wie anno dunnemals zum Schreiben benutzen. Ein bisschen lästig sind die Daunen, jene fusseligen leichten Federchen von Brust und Bauch, die überall herumfliegen und sich nur mühsam aufsammeln lassen. Und so eine Gans hat unglaublich viel davon. Im Garten sieht es dann immer so aus, als hätte es geschneit. Früher haben die Bauern ihre Gänseherden zum grossen Teil wegen dieser Daunen gehalten, und im Sommer liefen die Vögel dann mit „nackter" Brust herum, weil die Federchen ausgerupft und für die Bettdecken und Kissen gesammelt wurden. Damals durften die Gänse auch jahrelang leben, weil die Daunenproduktion als wertvoller angesehen wurde, als das kurze Vergnügen des Festtagsbratens. Vielleicht würde Friederike es auch schätzen, wenn man ihr die Daunen ausrupfen und ihr so bei der Mauser helfen würde. Aber sorry, das muss sie schon allein hinkriegen.

# Entspannung

7. Juli

Friederike hat inzwischen das Gröbste der diesjährigen Mauser überstanden und zeigt sich dementsprechend wieder etwas verträglicher. Erwartungsgemäss ist es ihr ausserdem auch einfach zu lästig, dauernd die wuseligen Ducks in ihre Schranken zu verweisen. Also lässt sie sie weitgehend gewähren, wenn es nicht gerade ums Fressen geht. Da gibt sie nicht nach. Egal, ob die Nachbarin Salat oder Nudeln herüberreicht, oder ob das ganz normale Futter kommt, Rike muss als erste ran und scheucht alle Enten erst mal weg. Natürlich versuchen die Enten, sich trotzdem ihren Anteil zu sichern, aber die Gans will immer genau das, was die Anderen gerade haben. Dabei gibt es extra getrennte Futternäpfe für Friederike und Tilly und für die Ducks, jeder steht in einer anderen Ecke. Friederike weiss selbstverständlich auch genau, welches Futter für sie gedacht ist. Aber dort hält es sie nicht, und sie muss sich zuerst über den Entennapf hermachen, was wiederum zu strengen Ermahnungen und auch schon mal zu einem Eingreifen durch den

Menschen führt, doch das nützt alles wenig. Und so geht es munter zu, aber satt werden am Ende alle, und danach kehrt wieder Ruhe ein. Von Übel ist dabei, dass die Gans immer dicker und langsam ein bisschen träge wird.

Donald und Daisy haben jetzt ein ganz neues Vergnügen entdeckt. Sie jagen den Insekten nach, die relativ niedrig über die Wiese fliegen. Mit lang vorgestreckten Hälsen rennen sie hinter den Fliegen, Mücken oder Motten her - und sie erwischen sie meistens. Tilly schaut auch wieder öfter mal bei den Ducks vorbei, doch es kommt zu keinem wirklichen Kontakt. Mutter und Kinder leben nebeneinander her, aber sie haben sich nichts zu sagen. Kommt die Altente zu nahe, wandern die Jungen ab. Nicht hastig und nicht ängstlich, aber regelmässig. Tilly macht indessen auch nicht den Eindruck, als ob sie dieses Verhalten sonderlich grämt. Sie schliesst sich dann -wie immer schon- der Gans an.

# Entensolidarität

15. Juli

Friederike ist zur Zeit ziemlich einsam zwischen all ihren tierischen Mitbewohnern. Durch ihre anhaltenden Launen wird sie von den Enten gemieden. Sogar Tilly hat „die Faxen inzwischen dicke" und sucht jetzt doch lieber Kontakt zu den Ducks. Aber das gestaltet sich nach wie vor schwierig. Die Beiden haben keine Scheu vor der Altente, doch es hapert an der Verständigung. Gesten, Verhalten und Sprache sind scheinbar zu unterschiedlich. Ausserdem ist Tilly von ihrem ganzen Wesen her eher behäbig, dafür aber erfahren, selbstbewusst und dem Menschen gegenüber sehr zutraulich. Eigenschaften, die sie sicherlich auch durch den jahrelangen Umgang mit der Gans gelernt hat, während die Ducks unglaublich lebhaft sind, dafür aber immer ein wenig scheu und vorsichtig. Und sie sind immer zusammen, brauchen also scheinbar nicht unbedingt den Kontakt zu den beiden Anderen. Wenn Friederike im Anmarsch ist, gehen sie ihr freiwillig aus dem Weg, Tilly dulden sie in ihrer Nähe, ohne sich aber besonders um sie zu kümmern. Die grösste

Verbundenheit zeigen die Ducks immer noch zu unserem Hund. Wenn der kommt und sie beschnuppert, stehen sie nicht mal auf. Dieses Zutrauen zeigen sie keinem Anderen gegenüber. Andererseits scheuen sie immer weniger den Kontakt zum Menschen. Wenn die Hausbewohner auf dem Sitzplatz in einer hinteren Ecke des Gartens versammelt sind, kommen sie dazu und legen sich in unmittelbarer Nähe ins Gras, so, wie es Gans und Ente, Hund und Katze schon seit jeher tun. Natürlich hält es die Jungenten nie sehr lange auf einem Fleck, zwischendurch müssen sie dann schnell mal durch die Gegend flitzen und irgendeinem Insekt nachjagen. Aber nach kurzer Zeit sind sie dann wieder zurück und legen sich auf ihren Lieblingsplatz unter dem Apfelbaum. Für den Menschen sind dies vielleicht die schönsten Stunden überhaupt, wenn alle sechs Tiere im Garten um ihn versammelt sind, jedes zeigt auf seine Art, dass es dabei sein will, und in solchen Augenblicken vertragen sie sich auch alle miteinander. Selbst die mausernde Gans ist dann anscheinend zufrieden, rupft sich hier und da eine Feder aus und schnattert leise und wohlgefällig vor sich hin. Die Ducks schnattern natürlich auch, weil sie ihren Schnabel nur halten, wenn sie schlafen. Donald und Daisy haben sich anscheinend immer etwas zu sagen. Dabei gibt sie mit ihrer lauteren Stimme gewöhnlich den Ton an, und er antwortet. Wie sonst auch, wenn sie vorneweg rennt und sofort meckert, wenn er nicht gleich folgt. Aber er kommt immer. Enten scheinen eine vorbildliche Partnerschaft zu führen.

## Halbstarke

25. Juli

Die Ducks sind jetzt gut zwei Monate alt und damit laut mehrerer Geflügelbücher im besten Alter zum Schlachten. Was für ein Wahnwitz, welche Barbarei. Gerade jetzt sind sie in einer Phase, in der sie eigentlich erst richtig anfangen zu leben. Sie sind nun ganz gefiedert und fast ausgewachsen. Und sie lernen jeden Tag eine Menge dazu. Das Meiste schauen sie von den beiden Alten ab. Beispielsweise, dass der ganze Garten ihr Revier ist, in dem es unendlich viel zu gucken, zu erforschen, zu fressen und zu jagen gibt. Oder dass es bei heisser Mittagssonne am schönsten ist, im Schatten unter den Büschen stundenlang zu dösen. Inzwischen wissen sie auch, was für ein Leckerbissen für Enten Schnecken sind. Die Nachbarn freuen sich über diese Vorliebe unserer drei Enten und liefern gerne Nachschub, weil die roten Schleimer in unserem Garten inzwischen nahezu ausgestorben sind. Ausserdem streiten Donald und Daisy recht selbstbewusst mit Friederike und Tilly um die Rangordnung. Natürlich müssen sie sich im Ernstfall immer noch an letzter Stelle einordnen, aber sie sind auf dem Vormarsch und werden gerade von der Gans längst nicht mehr so gepiesackt wie noch vor Tagen. Sie gehören einfach dazu. Noch immer scheint Daisy den Ton anzugeben und Donaldchen folgt ihr brav. In allem ist sie mutiger und vorwitziger als er, der aber stets ihrem Vorbild folgt. Leider haben die Beiden ein Faible für unser Gartenzimmer entwickelt, und wann immer die Tür zum Garten offen steht, stürmen sie in einem unbemerkten Augenblick herein und nagen die Blumen an. Es kann passieren, dass einen, wenn man zur Haustür hereinkommt, die beiden Enten begrüssen, die leider auch meistens schon etwas auf dem Boden oder dem Teppich hinterlassen haben. Dabei wissen sie genau, dass das Haus für sie eigentlich tabu ist und flitzen dann auch gleich wieder hinaus, doch nur, um kurz darauf wieder herein zu schleichen. Sie sind jetzt halt im Flegelalter, aber einfach zu witzig, um ihnen wirklich böse zu sein. Halbstarke eben – da muss man durch.

## 2. August

Gestern waren den ganzen Tag über Handwerker im Garten, um ein grosses neues Dach zu bauen, hinter der Garage und vor der angrenzenden Pergola entlang. Das ganze Geflügel hat von der Aktion wenig Notiz genommen. Nachdem Friederike gesehen hat, dass die fremden Männer wohl willkommen sind, hat sie sich in den hinteren Teil des Gartens verzogen, die drei Enten im Schlepptau. Es war ein heisser, sonniger Tag, und so lagen alle die meiste Zeit unter den Büschen im Schatten, freuten sich allerdings offensichtlich, wenn man mal bei ihnen vorbeischaute. Dann kamen sie, um ein bisschen gegen die Bauarbeiten und die fremden Leute zu protestieren, doch danach verzogen sie sich wieder in ein kühles Eckchen. Die Ducks gehören jetzt vollkommen zur Geflügelfamilie, zur Restfamilie sowieso. Sie sind unglaublich anpassungsfähig und haben sich wunderbar mit Friederike und Tilly und deren Marotten arrangiert. Donaldchen hat in den letzten Tagen eine Menge an Selbstvertrauen gewonnen und geht auch schon mal eigene Wege, auf denen ihm nun Daisy folgt. Aber im Prinzip sind sie nach wie vor immer zusammen. Ein angenehmer Nebeneffekt ist dabei, dass die Beiden von Anfang an bis heute freiwillig in ihre Hütte gehen, wenn es draussen dunkel wird, und genau dies tut nun auch Tilly, die neuerdings nachts brav im Gänsehaus, gleich neben den Ducks, schläft. Friederike postiert sich davor und bewacht sie alle, obwohl sie das entschieden abstreiten würde, wenn sie sprechen könnte. Die Gans scheint nach wie vor eifersüchtig auf die Enten zu sein, die einen völlig unbekümmerten Umgang mit dem Menschen haben. Tilly lässt sich ja ohnehin am liebsten auf den Arm nehmen und herumtragen, die Ducks lassen sich morgens, wenn man sie freilässt, ein wenig am Bauch kraulen. Tagsüber sind sie zwar immer um den Menschen herum, fressen auch aus der Hand, aber anfassen lassen sie sich nicht gern. Friederike, die alte Schmuserin, missbilligt diese Zutraulichkeit der Enten, grantelt weiter herum und schiebt die Schuld offensichtlich auf den Menschen, von dem sie sich nun gerade nicht anfassen lassen will.

Merkwürdigerweise gilt das nicht für unsere Nachbarin, obwohl die die Enten ebenfalls füttert und mag, wie die Gans. Aber die lässt Friederike eher an sich heran. Wieso ist eigentlich alles so kompliziert? Doch Friederike wird lernen, dass die Enten, auch wenn es jetzt drei sind, ihr nichts wegnehmen von der Zuneigung des Menschen. Schliesslich ist sie schlau.


5. August

Ich bin nicht sicher, aber kann es sein, dass die Ducks schon mit der ersten Mauser anfangen? Jedenfalls verlieren sie ganz ordentlich Federn. Mal sehen, wie sich das entwickelt.

Ansonsten sind Donald und Daisy inzwischen wohl weitestgehend ausgewachsen. Donaldchen ist zur Zeit der erklärte Liebling. Er wird täglich zutraulicher, ist immer um einen herum und registriert alles, was irgendwo im Garten passiert. Daisy ist etwas zurückhaltender, aber sie hat den grössten Spass daran, den Hund zu erschrecken. Sie schleicht sich an, wenn er auf der Wiese liegt und versucht, ihn in die Nase oder in den Schwanz zu zwicken. Wie beim übrigen Geflügel auch, macht der Hund stets einen Rückzieher und läuft weg, was Daisy offensichtlich zutiefst bedauert und mit Fauchen quittiert.

Die Ducks sind auch die Einzigen, die -zusammen mit dem Hund- immer mal versuchen, durch die Gartentür nach draussen zu schlüpfen um zu sehen, was auf der Strasse los ist. (Friederike und Tilly sind nicht „für Geld und gute Worte" dorthin zu bringen.) Und gemeinsam mit dem Hund machen sie sofort kehrt, wenn man ihnen energisch zu verstehen gibt, dass Abhauen verboten ist.

16. August

Das darf doch nicht wahr sein! Heute habe ich mit etwas Gewalt Friederike dazu gebracht, sich mal wieder kraulen zu lassen. Natürlich hat sie sich ein bisschen gesträubt, aber sie hat es sich ganz gern gefallen lassen. Doch plötzlich tauchte furienartig Tilly quasi aus dem Nichts auf und hat sich fauchend und zu doppelter Grösse aufgeplustert auf die Gans gestürzt. Die kleine Ente hat sich regelrecht im dichten Gänsegefieder festgebissen, während Friederike versuchte, zu fliehen. Die Ducks, die ja überall sind, wo etwas los ist, standen schnatternd daneben. Wer hätte je gedacht, dass eine Ente derartig eifersüchtig sein kann? Weil dieses Verhalten so unglaublich war, habe ich einige Zeit später einen zweiten Versuch gemacht. Doch kaum hatte ich ganz freundlich „Rike" gerufen, da kam Tilly auch schon kampfbereit angerast. Sie musste tatsächlich von der Gans weggescheucht werden, um einen erneuten Angriff zu verhindern. Danach ist sie nicht mehr von meinen Füssen gewichen, bis ich mich auf die Wiese setzte, um sie zu streicheln. Jeder, der sich uns näherte, die Ducks natürlich und der Hund, wurde böse angefaucht. Heute Abend, als kein Mensch mehr im Garten war, haben sich alle vier wieder friedlich nebeneinander zum Schlafen hingelegt.

Die Ducks sind übrigens wirklich in der Mauser und trennen sich nun von ihren Babyfedern. Donaldchen bekommt einen grauen Bauch, ein wenig mit Fischgrätenmuster. Daisy scheint noch etwas blonder zu werden, aber sie hat noch nicht so viele Federn abgeworfen wie ihr Bruder.

Das Spielchen mit dem Hund treibt immer tollere Blüten. Donald macht natürlich jetzt -wie bei jedem Blödsinn- auch mit. Die Beiden liegen regelrecht auf der Lauer und warten nur darauf, dass der Hund aus dem Haus kommt, dann rennen sie kreuz und quer durch den Garten hinter ihm her. Inzwischen versucht der Münsterländer ab und zu, tapfer stehen zu bleiben und nicht wegzulaufen, wenn die Beiden im Anmarsch sind. Aber dann gehen die Enten tatsächlich hin und zwicken ihn in die Nase, solange, bis er mit ihnen spielt. Offenbar haben sich die Ducks jetzt endgültig darauf verständigt, dass sie den Hund als Mutter-Ersatz „adoptieren" wollen, aber vielleicht haben sie sich auch instinktiv das gutmütigste Opfer ausgesucht, um endlich den allerletzten Platz in der Rangliste unserer Tiere loszuwerden. Bei Friederike und Tilly haben sie keine Chance, so frech zu sein, die Katze kümmert sich nicht um die Jungenten, da kommt der Hund, der sich bei ersten Tests als ungefährlich erwiesen hat, gerade recht.


## Familienbande


21. August

Die Ducks spinnen seit gestern. Sie weigern sich nämlich neuerdings, nachts freiwillig in ihre Hütte zu gehen. Statt dessen hocken sie nun nach Anbruch der Dunkelheit mit Friederike und Tilly auf der Wiese. Die beiden Alten sind erfahren und gehen irgendwann von selbst in ihre Kartoffelkiste zum Schlafen. Ausserdem sind sie leider auch Marder-erfahren, seit vor zwei Jahren nachts ein Marder über Tilly hergefallen ist und sie ganz übel in den Hals gebissen hat. Der Tierarzt sagte später, dass die Gans der Ente vermutlich das Leben gerettet hat, weil sie sich offenbar auf den Marder gestürzt, ihn gebissen und so in die Flucht geschlagen hat. Sonst hätte der die Ente, die er schon so schön „beim Wickel" hatte, niemals losgelassen. Wir hörten damals mitten in der Nacht einen markerschütternden Schrei von Friederike, dachten uns aber dummerweise nichts dabei, obwohl die Gans nachts sonst ganz selten schreit. Erst am nächsten Morgen sah man dann die Bescherung. Tilly war blutüberströmt und schwebte drei Tage lang zwischen Leben und Tod. Sie konnte mit ihrem zerbissenen Hals weder fressen noch trinken. Erst nach drei Tagen schlabberte sie ein bisschen Wasser, das ich ihr immer auf den Schnabel geträufelt hatte. Danach ging's ganz langsam wieder bergauf. Bis heute sind die Federn in dem Bereich ihres Halses, wo der Marder zugebissen hatte, etwas dünner.

Von all diesen Gefahren haben die Ducks natürlich keine Ahnung. Gar nicht auszudenken, was passieren würde, wenn auch sie eine solche Marder-Begegnung hätten. Ich bin sicher, wenn einer von Beiden getötet würde, ginge der andere auch ein, so, wie die Beiden aneinander hängen. Und die Marder sind unterwegs. Unser Auto weist im Motorraum Marderspuren auf. Also hilft alles nichts, die Ducks müssen nachts rein. Fragt sich nur wie.

Die Beziehung der Beiden zum Hund wird immer enger. Wenn er morgens zur Erledigung der grossen und kleinen Geschäfte in den Garten  kommt, stehen Donald und Daisy schon parat und machen sich mit ihm auf den Weg. Wenn der Hund das Bein hebt oder sich irgendwo hinhockt, bleiben sie dicht vor ihm stehen und warten, bis er fertig ist, und dann geht's wieder weiter. Der Hund erträgt diese Zudringlichkeit mit unsagbarer Gelassenheit.

24. August

Und nicht nur das - seit gestern spielen die drei miteinander. Donald und Daisy beissen sich im dichten Brustpelz des Münsterländers fest und lassen sich dann durchschütteln. Sie toben zusammen, ab und zu fällt mal eine Ente um, aber das ermuntert sie nur zum Weitermachen. Der Hund weiss scheinbar instinktiv, wie heftig er mit den Ducks umgehen kann, und er ist mit seinen immerhin sieben Jahren auch derjenige, der nach einer Viertelstunde zuerst ausser Atem gerät.

Sorgen macht indessen, dass Donald und Daisy jetzt abends scheinbar endgültig nicht mehr in ihre Hütte gehen. Ausserdem haben sie auch schnell gelernt, wie man dem gewaltsamen Einfangen entgeht: indem man sich nämlich in den Büschen versteckt. Bei Dunkelheit ist der Mensch da völlig machtlos. Man muss sie wohl lassen, denn sie haben jetzt doch mit Tilly und Friederike eine feste Gemeinschaft gebildet. Bleibt nur zu hoffen, dass im entscheidenden Augenblick Friederike aufpasst. Die Arme, jetzt hat sie drei Enten am Hals, und zumindest die beiden Jüngsten hat sie wahrlich nicht gewollt.

4. September

Es ist unglaublich, wie sich die verschiedenen Geflügelarten gegenseitig inspirieren. So haben alle drei Enten ein enormes Vergnügen daran, im Matsch zu gründeln. Sie haben die dazu geeignete Fläche schnell entdeckt, nämlich dort, wo das Regenwasser vom Dach heruntertropft und die Wiese nach und nach in eine Morastfläche verwandelt. Wenn dann auch noch im selben Eck ihre Badewannen ausgeleert werden, um sie zu reinigen und mit frischem Wasser zu füllen, dann sind Donald, Daisy und Tilly in ihrem Element. Fast bis zum Bauch versinken die Entenbeine im Schlamm, und die Schnäbel stehen nicht still, auf der Suche nach Kleingetier in der weichen Erde. Friederike hat zeitlebens Matsch gehasst. Im Winter, wenn der Schnee taut, sucht sie sich die stabilsten und trockensten Wiesenstücke aus, auf denen sie herumstolziert. Doch jetzt sind ihr wohl Zweifel gekommen, ob drei Enten sich wirklich derart irren können, will heissen, sie ist neuerdings auch im Matsch zugange. Zwar bewegt sie sich wie ein Storch im Salat, damit ihr Hängebauch möglichst sauber und trocken bleibt, und sie mag wohl auch weder das Brackwasser, noch das Insektenzeug, das sie findet. Aber trotzdem ist sie dabei, schon damit ihr nichts entgeht.

Die Ducks haben bisher ihre Nächte im Freien überlebt. Vor kurzem hörte ich sie mitten in der Nacht unter dem Schlafzimmerfenster schnattern. Und als ich schon dachte, dass sie mit ihrem ewigen Gequassel noch den Marder anlocken werden, hörte man ein leises, aber energisches Gackern von Friederike, und sofort war Ruhe.

## Herdentiere

3. Oktober

Die Ducks sind jetzt endgültig erwachsen. Sie haben ihre Plätze innerhalb der Tiergemeinschaft aus Hund, Katze, Gans und Enten gefunden – nur wo die genau sind, ist schwer einzuschätzen. So sind die Beiden bei weitem nicht so futtergierig wie die Gans, und deshalb macht es ihnen offenbar auch nichts aus, bei den täglichen Fütterterminen nicht gleich dran zu kommen. Lieber spielen sie dann noch ein bisschen mit dem Hund, in der Gewissheit, dass auch später immer noch etwas zum Fressen für sie da ist. Wenn das Geflügel allein im Garten ist, sind alle vier meistens zusammen, egal, ob sie gemeinsam unter den Büschen im Schatten ein Nickerchen machen, oder dann alle plötzlich wieder auf der Wiese zum Grasen unterwegs sind.

Friederike nimmt mit der Zeit immer mehr Entenmarotten an. So haben ja in den vergangenen Wochen die Ducks ihren speziellen Trick entwickelt, um sich ihre Ration an Salatblättern zu sichern. Sobald der Salat in die Geflügel-Futterecke geworfen wurde, stürzten natürlich alle dorthin um zu fressen. Gegenüber Friederike und Tilly zogen die Ducks dabei meist den Kürzeren und wurden erst mal verscheucht. Donald, der mutigere Duck, kam dann auf die Idee, nach und nach ein paar Salatblätter fortzutragen, die er sich irgendwo im Garten mit Daisy teilte. Friederike ist nun wohl zu der Ansicht gelangt, dass Salatblätter herumgetragen werden müssen, jedenfalls fing sie auch damit an. Womit sie nicht gerechnet hat, war, dass ihr jedes Blatt prompt von Daisy geklaut wurde, weil die es ja nicht anders kennt, als dass man ihr auf diese Art den Salat bringt. Rike war anfangs so überrascht, dass sie sich überhaupt nicht gewehrt hat. Jetzt frisst sie das Grünzeug wieder an Ort und Stelle. Da unsere Nachbarin das Geflügel aber auch fast täglich mit Salatblättern versorgt, ist der Überfluss wohl so gross, dass vor allem Daisy inzwischen eine Unart entwickelt hat. Sie nimmt die Blätter in den Schnabel und wirft sie in die Wasserbottiche. Gelegentlich nagt sie noch an einem Ende herum, aber das meiste vergammelt doch im Wasser. Donald macht natürlich inzwischen auch das nach. Irgendwie sind die Beiden wohl typische Kinder der Wohlstandsgesellschaft. Mal sehen, was passiert, wenn der Winter kommt und das Grünzeug knapper wird.

7. Oktober

Daisy ist mittlerweile ein perfekter Dieb geworden. Ohne lange zu fackeln stiehlt sie der Gans alles, was nicht niet- und nagelfest ist. Wobei Friederike das Meiste ja selbst auf nicht ganz redliche Art erbeutet hat. So zum Beispiel die Brotscheiben am

Morgen. Es ist eine Art Ritual geworden, dass jeden Morgen, wenn der Rolladen der Gartentür hochgezogen und der Hund hinaus gelassen wird, das ganze Geflügel zur ersten Fütterung bereit steht. Dann gibt es zwei Scheiben weiches Brot, von dem die Gans meistens eine Scheibe bekommt, und die Enten den Rest. Das Ganze wird Stück für Stück aus der Hand gefressen, eine bewährte Methode, auch die grätigste Gans oder Ente gnädig zu stimmen und alle zumindest relativ zahm zu erhalten. Friederike, die immer Angst hat, dass sie zu kurz kommt, schnappt sich dann schon mal ein grosses Stück Brot, um es —wie sie wohl glaubt— vor den Enten zu sichern. Das klappt auch bei Tilly und Donald, aber Daisy mit ihrem Spleen, dass man ihr auf diese Art ihr Futter bringt, macht der guten alten Rike

 regelmässig einen Strich durch die Rechnung. Kaum dreht sich die Gans mit dem Brot im Schnabel um, hat Daisy es auch schon geschnappt und flitzt damit weg. Keine Chance für die behäbige Gans, ihre Beute je wieder zu sehen.

Überhaupt macht mir Friederike ein bisschen Sorgen. Sie hat sich in ihrem Futterneid auf die Enten eine Menge überflüssigen Speck angefressen und wird immer träger. Dabei wirkt sie auch nicht besonders glücklich, so wie früher. Sie lässt sich nach wie vor

nicht streicheln, obwohl die Mauser längst vorbei ist, und sie in den vergangenen Jahren danach stets wieder völlig zutraulich geworden war. Ist das ein Tribut, den man der gewachsenen Geflügelherde einfach zollen muss? Ich weiss es nicht. Vielleicht ist auch manches falsch gelaufen, aus Sorge um die heranwachsenden Ducks. Da wurde Friederike natürlich auch mal zurückgewiesen, damit die Kleinen ans Futter kamen. Da galt die Aufmerksamkeit zuerst einmal den Küken, wobei die beiden „Alten", Friederike und Tilly aber nie bewusst vernachlässigt worden sind. Tilly hat das alles ja auch ganz gut überstanden. Sie ist derzeit frisch und sauber gemausert, schneeweiss, und sie verträgt sich gut mit den Ducks, obwohl die Beziehung der drei nie ganz innig werden wird. Es ist mehr ein friedliches Nebeneinander. Friederike hat indessen ihren Charakter etwas verändert. Sie hält zwar ihre Entenschar zusammen und hat alle immer im Auge, damit den Enten nichts passiert, aber dem Menschen gegenüber ist sie deutlich reservierter geworden. Vielleicht braucht sie uns jetzt auch nicht mehr so sehr als Bezugspersonen, weil sie „ihre Herde" als Familie hat. Aber ich bin nicht sicher. Irgendetwas ist nicht in Ordnung mit der Gans. Wir kennen uns jetzt so lange, da bekommt man ein Gespür dafür.

# Machtspiele

16. Oktober

Heute habe ich zum ersten Mal gesehen, dass Donald versucht hat, sich mit Daisy zu paaren. In seiner tapsigen Art hat er sie kurzerhand platt getreten und ist auf sie geklettert, wobei er versuchte, sich mit dem Schnabel an den Federn am Hinterkopf der Ente festzuhalten. Schon bei den Gänsen fand ich, dass diese Paarungszeremonien auf den aussenstehenden Menschen ziemlich derb wirken. Daisy fand das wohl auch und hat aus Leibeskräften angefangen zu quaken. Mit dem Erfolg, dass Donald unverrichteter Dinge wieder abgezogen ist. Aber immerhin, es geht los. Viel zu früh, für meinen Geschmack, die Beiden sind doch gerade mal fünf Monate alt. Nur - gegen die Natur ist man machtlos.

Daisy und Friederike haben auch dauernd Händel miteinander. Die Ente versucht neuerdings, die Gans zu reizen, in dem sie eine Art Katzenbuckel macht und mit einem ganz eigentümlichen Gegacker um die dicke Rike herumläuft. Dabei kommt sie immer näher und tut so, als wolle sie beissen. Meist endet dieser Tanz jedoch damit, dass sie selbst gezwackt wird und dann mit

Donald im Schlepptau abzieht. Auch Tilly schlägt sich neuerdings öfter auf die Seite der Enten und faucht Friederike an. Man kann überhaupt feststellen, dass Tilly einen engeren Kontakt zu den Ducks sucht, seit die erwachsen sind. Man sieht die Enten jetzt oft beisammen, und Tilly hat ihre Distanz immer mehr aufgegeben. Friederike ist dabei so eine Art „Überente". Sie korrigiert zuweilen, wenn die Anderen zu wild sind, sie versucht, Ordnung zu schaffen, indem sie flügelschlagend zwischen die tobenden Enten rennt und erntet damit meistens drei ebenfalls lauthals flatternde und rennende Enten, die sich nichts sagen lassen wollen. Und trotzdem herrscht dann am Ende doch wieder Einigkeit, wenn sie alle –müde von dem ganzen Theater– eng um die Gans herum gruppiert, einschlafen.

Nebenbei bemerkt werden Donald und Daisy dem Ruf der Laufenten, extrem scheu zu sein, überhaupt nicht gerecht. Mag es an der Aufzucht von Menschenhand liegen, an dem engen Kontakt zu unserem Hund oder zu Friederike und Tilly, die ja alle auch sehr zahm sind – jedenfalls sind unsere Laufenten immer auf „Tuchfühlung" zum Menschen. Sie kommen sofort angelaufen und sind immer dabei, solange wir im Garten unterwegs sind. Ihre Neugier ist bemerkenswert: wo immer ein Korb oder ein Gartengerät herumsteht, müssen sie alles genau erforschen und ihre Schnäbel hinein hängen. Wenn man sich hinhockt, dann knabbern sie hinten am Rücken am Pullover oder am Gürtel, wenn man auf der Gartenbank sitzt, zupfen sie am Schuhbändel herum, sie fressen aus der Hand – nur anfassen lassen sie sich nicht.

27. Oktober

Heute hat sich Donald den Fuss vertreten und musste eine Zeit lang hinken. Der kleine Erpel war in dem Matsch ausgerutscht, der sich durch tagelange Regenschauer am Rand der Wiese gebildet hat, und den die Enten im Prinzip sehr schätzen, um darin zu gründeln. Aber die langen Laufentenbeine sind wohl doch ein wenig unsicher in dieser Pampe, und man konnte deutlich sehen, wie das linke Bein seitlich wegrutschte. Danach hat Donald -ohne übrigens in seinem Gerenne irgendwie langsamer zu werden oder gar zu jammern- versucht, das linke Bein weniger zu belasten und ein bisschen auf dem rechten Bein zu hüpfen. Nach ein paar Minuten war jedoch alles schon wieder vergessen.

Gestern standen plötzlich alle vier „Vögel" mit einem Schlag bewegungslos auf der Wiese, hielten ihre Köpfe schief und horchten in Richtung Himmel. Doch weit und breit war kein Flugzeug und kein Hubschrauber zu hören, wie sonst in solchen Fällen. Alles schien ganz still. Ein genauerer Blick nach oben brachte Aufklärung: am Himmel kreisten drei Bussarde über dem Garten. Nach ein paar Sekunden Reglosigkeit rasten Donald und Daisy wie auf Kommando in die Büsche, während Tilly und Friederike wieder anfingen zu grasen.

## Wetterkapriolen

28. Oktober

Seit heute Nacht ist Sturm. Richtig fest, mit Sturmwarnungen im Radio und Meldungen von umgestürzten Bäumen und gesperrten Strassen und Bahnlinien. Mit einiger Sorge habe ich beobachtet, wie das Geflügel, vor allem aber die Ducks auf die steife Brise reagieren. Immerhin ist solch ein Wetter für die Jungenten etwas völlig Neues. Doch alle vier scheinen das Wetter kaum zu beachten. Im Gegenteil, sie stehen mitten auf der Wiese, strecken mal den einen, mal den anderen Flügel aus und lassen sich so richtig durchblasen, und das scheint ihnen auch noch zu gefallen. Natürlich gäbe es jede Menge geschützter Ecken, von den Enten- und Gänsehäusern ganz zu schweigen, doch weder die Ducks, noch Friederike oder Tilly lassen sich überreden, ein windstilles Plätzchen aufzusuchen. Und wenn die beiden Alten den Sturm gelassen ertragen, zeigen auch Donald und Daisy keinerlei Furcht, weil sie ja alles nachmachen. Einzig eine weg gewehte Tischdecke aus der Pergola sorgte vorübergehend für einigen Unmut, weil die plötzlich an einer Stelle auf dem Boden lag, wo sonst nichts liegt. Aber die Decke ist jetzt sicher verstaut.

Na dann: eine stürmische gute Nacht, ihr Hühnchen – ein bisschen Sorge bleibt doch.

6. November

Heute Morgen war der Himmel strahlend blau, aber auf der Wiese hatte sich über Nacht eine dicke weisse Reifschicht gebildet. Wie immer ging der erste Blick nach dem Aufstehen in den Garten zu den Ducks. Die präsentierten sich jedoch gemeinsam mit Friederike und Tilly friedlich grasend und völlig unbeeindruckt von dem Kälteeinbruch. Später, bei der ersten Fütterung, stellte sich heraus, dass auch die Wasserwannen mit einer dünnen Eisschicht überzogen waren. Aber sei es durch das Vorbild von Gans und „Altente", die bisher noch jedem Wetter getrotzt haben oder dadurch, dass die Laufenten tatsächlich, wie in den Büchern beschrieben, äusserst wetterfest sind, jedenfalls haben sich Donald und Daisy in keinster Weise irritiert gezeigt und sind munter wie eh und je.

Jetzt beginnt auch die Zeit, in der man wieder anfangen muss, täglich zuzufüttern. Das wenige Grünzeug, das der Garten in dieser Jahreszeit noch hergibt, reicht nicht mehr, um vier gefrässige Schnäbel satt zu bekommen. Ausser der Schüssel mit Körnern, die sowieso immer verfügbar ist und ein bisschen Brot am Morgen, gibt's nun auch wieder gelegentlich Nudeln oder Reis oder eingeweichtes altes Brot mit Haferflocken gemischt, dazu etwas Salat. Manchmal gekochte Kartoffeln, und alles in allem sind die vier Federtiere immer hoch zufrieden, wenn ihnen das Futter so mundgerecht präsentiert wird, ohne dass sie sich selbst bemühen oder darum kümmern müssen.


## 8. November

Langsam geht der Stress mit Tilly wieder los. Ihre Flügelfedern sind nun nach der Mauser ausgewachsen, und das heisst, sie kann wieder fliegen, schliesslich ist sie ja eine Flugente. In den vergangenen Jahren lief das stets so ab, dass Tilly eines schönen Tages mit ihren Ausflügen anfing: erst auf die gegenüber liegende Kuhweide, und nach und nach unternahm sie dann weitere Exkursionen, in die Gärten aller Nachbarn in der Umgebung. Regelmässig klingelte dann bei uns das Telefon, und man teilte uns mit, dass unsere Ente gerade zu Besuch sei, und ob wir sie nicht holen wollten. Natürlich sind wir immer hingegangen, man will die Nachbarn ja nicht verärgern und ist auch froh, wenn man weiss, wo Tiily sich gerade herumtreibt. Aber tatsächlich haben wir schnell gelernt, dass man eine Flugente nicht einfangen kann, wenn sie nicht will. Man macht sich dabei höchstens schrecklich lächerlich. Ausserdem kommt Tilly immer wieder nach Hause zurück, fragt sich nur, wann sie jeweils Lust dazu hat. Irgendwann ist es uns dann immer gelungen, sie einzufangen und ihr einen Flügel zu stutzen, danach war der Spuk vorüber. Den einen oder anderen Ausflug haben wir ihr immer gegönnt, weil Fliegen ja nun mal ihr Element ist. Nur wenn die Sorge um die Ente zu gross wurde, weil sie nachts ohne Schutz irgendwo in der Landschaft unterwegs war, wurde der Spass beendet. Das Problem dabei -in diesem wie in allen vorangegangenen Jahren- ist, dass sich Tilly von dem Augenblick an, da sie flugfähig ist, nicht mehr anfassen lassen will. Also versuche ich zur Zeit, sie zu locken und ohne grosse Jagdszenen auf den Arm zu nehmen und wieder zahm zu bekommen. Bis jetzt fliegt sie nämlich nur im Garten herum, meistens hinter den wuseligen Ducks her. Aber es ist zu befürchten, dass ihr das bald nicht mehr reichen wird.

## Friederike Superstar

11. November
Heute ist Martinstag, und heute ist Friederike seit drei Jahren bei uns. Gar nicht mehr vorstellbar, wie das

Leben vorher war. Wie hat diese Gans uns umgekrempelt. Wir haben ihretwegen umgebaut, Geflügelhäuser gebaut, Leben und Ernährung von Enten und Gänsen studiert und jeden Tag etwas Neues dazu gelernt. Ein Leben ohne Geflügel im Garten – mittlerweile undenkbar, der Garten käme uns öd und leer vor. Ohne Friederike hätte es Tilly und natürlich die Ducks nie gegeben. Wieviel Spass, Freude, Ärger und Sorgen hätten wir dann nicht erleben können. Nein, das war schon alles ganz toll, was Friederike, die Martinsgans, uns beschert hat. Und sie ist der wahrhaft lebende Beweis dafür, dass Gänse viel zu schade sind, um sie einfach nur aufzuessen.

Ausserdem macht unsere Gans jetzt Karriere als Modell. Heute wurde sie engagiert, um in einem Werbeprospekt einer Geschenkartikelfirma die Sparte „Gänse" zu repräsentieren. Weil die Firma nämlich auch Gänse aus Holz herstellt, soll in dem Prospekt auch ein Foto einer richtigen Gans erscheinen. Und weil es davon nicht all zu viele gute gibt, wurde Friederike auserkoren, von der natürlich unendlich viele Bilder existieren. Immerhin stellt sie sich sofort in den Weg, wenn man mit dem Fotoapparat in den Garten kommt. Egal, ob man eigentlich Hund, Katze, Enten, Blumen oder das Haus fotografieren will, irgendwie schafft sie es meistens, mit auf's Bild zu kommen.

Vielleicht ist das ja nun der Beginn einer wunderbaren Modell-Karriere, und wir sind demnächst für alle Zeiten saniert. Am Ende müssen wir die Gans noch umtaufen, in Claudia oder so ähnlich...

## Humpelstielzchen

14. November

Der erste Tag im Leben der Ducks mit Schneeregen ist da. Und schon gibt es Komplikationen. Während Friederike das Wetter wie immer überhaupt nicht zu stören scheint, und Donald mit unverminderter Energie durch den Garten stürmt, haben sich die beiden Entendamen Tilly und Daisy unter die Gartenbank zurückgezogen. Bei Tilly ist das normal. Seit ihrer Begegnung mit dem Marder kann sie offenbar den Kopf nicht mehr richtig in die spezielle Richtung drehen, die sie braucht, um ihre Flügel ordentlich einzufetten. Das heisst, die werden dann feucht, was der Ente unangenehm ist, und so meidet sie heftigen Regen und Schnee und zieht sich in geschütztere Ecken zurück. Aber dass auch Daisy so anhaltend und ruhig daneben liegt, gibt doch etwas Anlass zur Sorge. Angeblich sind Laufenten doch wetterfest, und Donald zeigt schliesslich auch keine Veränderung. Liegt es vielleicht daran, dass Daisy so viel zarter ist, friert sie dann etwa eher? Was vom warmen Zimmerfenster aus nicht zu klären ist, muss vor Ort in Augenschein genommen werden. Es ist ohnehin Zeit für eine Geflügel-Zwischenmahlzeit, also hinaus ins ungemütliche Freie.

Und schon wird klar, wo das Problem liegt. Natürlich kommen alle sofort angelaufen, als sich die Gartentür öffnet. Als erster Donald, dann Rike, auch Tilly setzt sich gemächlich in Bewegung. Doch wo bleibt Daisy? Ein bisschen Rufen und Klappern mit dem Futternapf macht auch die kleine Laufente munter, aber was ist das? Das Mädel hinkt zum Steinerweichen. Versucht ihr linkes Bein zu schonen und bleibt immer wieder auf dem rechten Bein stehen. Wahrscheinlich ist sie in dem ganzen Matsch irgendwann ausgerutscht und hat sich das Bein vertreten. Immerhin frisst sie dann doch noch ganz munter mit. Also kann es nicht ganz so schlimm sein, wie es auf den ersten Blick schien.

Mir fällt ein, dass ich mich vor gar nicht langer Zeit mit einem anderen begeisterten Gänsebesitzer unterhalten habe, und während des Gesprächs kamen wir beide auf das Thema Tierärzte zu sprechen. Natürlich gibt es wunderbare Ärzte für Hunde und Katzen, aber es findet sich kaum einer, der sich mit Enten oder Gänsen auskennt. Wahrscheinlich, so überlegten wir uns damals, liegt es daran, dass das Geflügel normalerweise kurzerhand geschlachtet wird, wenn es „schwächelt". Kaum jemand macht sich die Mühe, es behandeln zu lassen. Vielleicht scheuen die meisten Besitzer auch die Kosten – kurzum, die Behandlung von Geflügel scheint für einen Tierarzt wenig lukrativ, und so beschäftigt er sich kaum mit dem Thema. Der Gänsemann hatte auch einmal ein Problem mit einer hinkenden Gans, und als er von tierärztlicher Seite keine Hilfe fand, hat er das Gänsebein kurzerhand mit Mobilat eingerieben. Nach ein paar Tagen war alles wieder gut. Natürlich weiss kein Mensch, ob die Heilung nun an den Selbstheilungskräften der Gans oder an der Salbe lag.

Ich denke, bei Daisy warten wir erst einmal ab. Heute Abend schien das Bein schon nicht mehr so weh zu tun, bis morgen oder übermorgen ist vielleicht längst alles wieder vergessen. Ansonsten müssten wir auch mal in unserer Medikamentenschublade suchen.

Immerhin – nachdem Donald auch schon mal ein kurzes Intermezzo mit seinem Bein hatte, und nun Daisy hinkt, drängt sich der Verdacht auf, dass die relativ langen und dünnen Laufentenbeine doch empfindlicher sind, als die kurzen und kräftigeren von Friederike und Tilly.

15. November

Das Hinkebein hat sich überhaupt nicht gebessert. Wie durch ein Wunder ist es mir aber heute Mittag gelungen, Daisy zu verarzten. Als ich mit einer Schüssel Reis mit Haferflocken in den Garten kam, waren natürlich alle zur Stelle, und auch Daisy humpelte herbei. Ohne viel Aufhebens konnte man sie aufnehmen, ins Haus tragen und das Beinchen mit einer Salbe gegen Zerrungen und Blutergüsse einreiben. Kaum war sie wieder im Garten, hatte die Humpelente allerdings nichts Wichtigeres zu tun, als umgehend ein Bad zu nehmen. Hoffentlich hat sie dabei nicht die ganze Salbe wieder abgewaschen. Das Phänomen des Badens scheint ganz typisch zu sein. Auch Tilly geht, wenn man sie auf den Arm genommen und gestreichelt hat, immer als erstes danach baden, um dann stundenlang ihre Federn neu zu sortieren.

Daisy ist indessen hin- und hergerissen zwischen grossem Leiden und der Sorge, etwas zu verpassen. Einerseits legt sie sich quengelnd unter einen Busch. Wenn die Anderen ihr aber zu wenig Aufmerksamkeit schenken, kommt sie wieder hervor und hinkt hinter der Gruppe her.

Muss man noch betonen, dass sich Donaldchen rührend um sie kümmert? Er gackert um sie herum, bringt ihr Salatblätter und versucht, sie aufzumuntern. Der kleine Erpel ist und bleibt einfach Gentleman und Vorzeigegatte in jeder Lebenslage.

18. November

Das Hinkebein ist weitestgehend wieder in Ordnung. Ein kleines bisschen merkt man's noch, wenn Daisy schnell läuft, aber sie ist jetzt auch wieder ganz vergnügt und mit den Anderen im Garten unterwegs. Immerhin hat die Heilung vier Tage gedauert, und das spricht meiner Ansicht nach sehr dafür, dass nicht die Salbe, sondern die Zeit ausschlaggebend für den Heilungsprozess war. Das mit dem Einreiben kann man sich also künftig wohl sparen.

Die eisigen Temperaturen, die derzeit vor allem nachts herrschen, scheinen den Ducks zum Glück nichts auszumachen. Genau wie Friederike und Tilly schlafen sie unbeirrt draussen und morgens früh sieht man alle zusammen auf der tiefgefrorenen Wiese grasen. Keine Ahnung, warum sie nicht in ihre wunderbaren warmen Hütten gehen.

## Winter ist doof

21. November

Seit Tagen herrschen nun schon eisige Kälte und Dauerfrost, auch tagsüber. Die Wasserwannen sind hoffnungslos zugefroren, und so bekommen die Vier im Garten mehrmals am Tag frisches Wasser eimerweise gebracht, dazu jede Menge Futter. Anfangs schienen die Ducks nicht sehr beeindruckt von dem Wetter, aber nun, da auch noch eine leichte Schneeschicht die Wiese bedeckt, finden sie das alles wohl nicht mehr ganz so lustig. Auch Daisys Hinkebein ist wieder etwas schlimmer geworden, vielleicht durch die andauernde Kälte. Offensichtlich können die Enten mit Schnee schlechter leben als die Gans. Friederike macht sich überhaupt nichts daraus und hält ihr Nickerchen unbeirrt auf der verschneiten Wiese, während Tilly immer wieder vor dem Schnee auf die Fussmatte vor unserer Gartentür flüchtet und dort stundenlang sitzen bleibt. Auch die Ducks wärmen ihre kalten Füsse, indem sie entweder auf einem Bein stehen, oder aber sich plötzlich mitten im Lauf fallen lassen und die Füsse zwischen Flügeln und Bauchfedern verstecken. Nach ein paar Minuten stehen sie dann wieder auf, laufen weiter, bis kurze Zeit später die gleiche Prozedur von vorn beginnt. Es ist ein früher Wintereinbruch in diesem Jahr, hoffentlich hält der Spuk nicht allzu lange an.


23. November

Bei der andauernden Kälte hat jeder seine eigenen Bewältigungsstrategien entwickelt. Das heisst, Friederike hat gar keine, weil ihr der Frost mit bis zu zehn Grad minus scheinbar nichts ausmacht. Die Ducks scheinen endlich gemerkt zu haben, dass es nicht in jeder Lebenslage das Beste ist, der Gans alles nachzumachen. Inzwischen schlafen sie nachts doch wenigstens ab und zu im Stroh, und tagsüber liegen sie viel unter der Pergola, wo es schneefrei ist, und sie ihre Füsse einfahren und wärmen können.

Aber Tilly sticht sie alle aus. Sie nutzt es nämlich geradezu schamlos aus, dass sie die Einzige ist, die fliegen kann. Wenn sie ihren Winterstammplatz auf der Fussmatte verlässt, dann vermeidet sie jeden überflüssigen Schritt im kalten Schnee. Statt dessen fliegt sie: zum Futternapf, in ein anderes geschütztes Eckchen, auf dem Gartentisch hat sie auch schon gesessen, oder auf dem kleinen Zaun, der die Wiese von der Terrasse trennt. Man sieht ihr förmlich an, wie sie sich den Anderen überlegen fühlt, die doch nur zu Fuss unterwegs sein können. Manchmal plustert sich die Ente vor Stolz und Wonne regelrecht auf, wenn sie wieder mal haarscharf vor den Anderen gelandet ist oder irgendwo sitzt, wo der Rest der Sippe garantiert nie hinkommt. Aber man gönnt es der kleinen Einzelgängerin, die doch sonst immer etwas behäbig daher kommt und oft ein bisschen abseits steht. Jetzt ist sie mal die Grösste. Und was besonders angenehm ist: Tilly ist scheinbar so begeistert davon, den Anderen mit ihrer Fliegerei zu imponieren, dass sie bis jetzt noch nicht aus dem Garten entfleucht ist. Vielleicht ist es

auch die Verbundenheit mit den Ducks und der Gans –
ich weiss es nicht. Aber

es ist in Ordnung so.

25. November

Es ist zum Totlachen, jetzt versuchen die Ducks auch
zu fliegen. Und ein bisschen können sie es auch. Nicht
so hoch und weit und elegant wie Tilly, aber sie heben
doch immerhin vielleicht einen halben Meter hoch vom
Boden ab und kommen so fünf oder sechs Meter weit.
Es fehlt auf jeden Fall noch die Routine, und das
Ganze scheint auch ziemlich anstrengend zu sein. Aber
in ihrem Eifer, den „Grossen" alles nachzumachen, sind
Donald und Daisy scheinbar durch nichts zu bremsen.
Seit heute ist es auch nicht mehr ganz so kalt, was dem
Unternehmungsgeist der quirligen Ducks sicherlich
zusätzlich entgegen kommt.

## 29. November

Nachdem es in den vergangenen Tagen ein ganz kleines bisschen wärmer war, das heisst, tagsüber so zwei bis fünf Grad plus, hat es heute wieder dauernd geschneit. Und schlagartig sind alle Enten, die zuletzt etwas munterer geworden waren, wieder in sich zusammengesunken. Schnee ist einfach nichts für Entenfüsse. Die grosse Schüssel mit Nudeln, die sie heute bekommen haben, war in null Komma nichts leer gefressen. Alles, was der Garten normalerweise an Nahrung zu bieten hat, scheint jetzt abgenagt oder eingefroren zu sein. Ausserdem fehlt den Ducks ihr tägliches Bad. Die beiden Grossen kennen den Winter ja schon, aber Donald und Daisy versuchen immer wieder, in den Wassereimer zu klettern, der zum Trinken bereit steht. Natürlich fällt der Eimer um, und so entsteht im Laufe der Zeit eine riesige Eisfläche, was über kurz oder lang wohl zu neuen Hinkebeinen führen wird. Und dabei ist gerade mal der November so halbwegs überstanden. Wenn der ganze Winter so kalt und frostig wird, dann Prost Mahlzeit. Aber vielleicht ist es mit dem Winter wie mit dem vergangenen Sommer: der hat auch weitestgehend im Mai stattgefunden, und danach kam nicht mehr allzu viel. Hoffen wir das Beste – für die Enten.

4. Dezember

Bisher hoffen wir vergebens. Es wird immer kälter, der Schnee bleibt liegen, und während sich Friederike (die sowieso), Tilly und Donaldchen ganz gut mit dem Wetter arrangiert haben, macht Daisy einen ziemlich verfrorenen Eindruck. Sie zittert ein bisschen vor sich hin und fällt alle paar Schritte in sich zusammen, um ihre Füsse zu wärmen. Nun ist sie ja die Zierlichste und Kleinste von allen, vielleicht spielt das eine Rolle. Viel entgegen zu setzen hat sie der Kälte wahrhaftig nicht. Andererseits frisst und trinkt sie ganz normal und streitet —auch ganz normal- mit der Gans und mit Donald herum, aber es ist offensichtlich, dass ihr Eis und Schnee überhaupt nicht passen.

Weil das Wetter nun schon so lange keinerlei Neigung zeigt, sich den Wünschen der Enten anzupassen, weil der Wetterbericht für die nächsten Tage eher noch weiter fallende Temperaturen und kräftigen Ostwind voraussagt, und weil die ganze Bagage seit Wochen statt in ihre Häuser unter dem neuen Dach in die alte Pergola marschiert, um dort zu übernachten, habe ich mich diesem Schicksal gefügt und eine dicke Strohschicht in der Pergola ausgestreut. Bisher hatte ich ja immer gedacht, wenn das warme Stroh nur in den Geflügelhäusern und drum herum liegt, dann sind die

Gans und die Enten einfach gezwungen, in ihre Häuser zu gehen. Aber nichts da, die kleben so stur an ihren Gewohnheiten, dass ihnen eher die Füsse abfrieren, ehe sie ihren gewohnten Trott ändern. Immerhin, gestern Abend, als der Hund noch eine letzte Runde im Garten gedreht hat, da waren sie alle vier brav auf dem Stroh versammelt. Dank einer Gewohnheit, die sich einfach von selbst eingeschlichen hat, kann man nämlich auch im Dunkeln leicht feststellen, wo das ganze Volk gerade ist. Immer, wenn der Hund vor dem Schlafengehen noch mal schnell hinaus gelassen wird, rufe ich von der Gartentür aus irgendetwas wie „Gute Nacht, Ihr Hühnchen", und dann kommt auf jeden Fall ein leises Gackern und ein Schnattern von Rike und Donald zurück. Und wo die Beiden sind, sind Tilly und Daisy mit Sicherheit auch nicht weit. Wenn sich die Bande nachts wieder mal mitten auf der Wiese zum Schlafen gelegt hat, dann kommt von mir meistens noch die Aufforderung: „Jetzt geht in Euere Betten", aber mit gut gemeinten Ratschlägen kommt man bei Enten und Gänsen nicht weit.

Ich denke, dass ich im Frühjahr die beiden getrennten kleinen Hütten durch eine grosse ersetzen werde. Denn es ist nicht anzunehmen, dass die Ducks irgendwann noch mal ohne ihre Beschützerin Friederike in ihr

Entenhaus gehen. Bis dahin sollen sie halt weiter in der Pergola wohnen, im Winter brauchen wir die eh nicht. Und es würde ja auch alles nichts nützen, denn -wie gesagt- dieses Geflügel ist so saumässig stur.


5. Dezember

Irgendwie haben wir mit Daisy eine „Montagsente" erwischt. Jetzt hat sie einen Blutrand in den Federn am oberen Beingelenk. Nicht, dass sie das in besonderer Weise irritieren würde, sie hinkt nicht, und die Sache scheint nicht sehr weh zu tun. Aber wenn unter den Tieren ein Wehwehchen zu verteilen ist, dann steht Daisy scheinbar immer in der ersten Reihe und ruft „hier". Keine Ahnung, wo sie sich jetzt wieder verletzt hat. Nun ja, auch das wird heilen.

Dank des Strohbetts in der Pergola sind die Enten wieder munterer geworden. Auch tagsüber, wenn es ihnen zu kalt wird, ziehen sie sich dorthin zurück, um sich etwas aufzuwärmen. Wenigstens ein Erfolg. Auf der Wiese können sie zur Zeit keinen Grashalm mehr finden. Heute Nacht sind noch mal fünf, sechs Zentimeter Neuschnee dazu gekommen.

9. Dezember

Der Winter will einfach nicht nachlassen. Letzte Nacht hatten wir dreizehn Grad minus. Die Enten frieren wieder, trotz Stroh an allen Ecken und Enden. Tilly wollte wohl mal sehen, ob es überall so ungemütlich ist. Jedenfalls klingelten am Mittag Nachbars Kinder, um uns mitzuteilen, dass unsere Ente bei ihnen im Garten sitzt. Also: nichts wie raus, allerdings in der Gewissheit, dass es doch nichts nützen wird, und die Ente sich wie immer nicht einfangen lässt. Genau so war's dann auch. Es scheint Tilly Spass zu machen, mich bis auf ein paar Zentimeter an sich heran zu lassen. Und wenn ich mich dann bücke, um sie aufzuheben, fliegt sie mir über den Kopf und ist wieder ein paar Schritte weiter. Wir haben das Spielchen eine halbe Stunde lang fortgesetzt, dann war die Mittagspause um, und Tilly blieb zurück, allein im Tiefschnee im Vorgarten. Ihr Ausflug jetzt kommt noch ein bisschen ungelegener als sonst, weil man eine weisse Flugente im dreissig oder vierzig Zentimeter tiefen Schnee nicht sieht. Wenn es dann dunkel wird, schon gar nicht. Und was noch schlimmer ist: wenn Tilly auf der verschneiten Strasse landet, sieht sie für die Autofahrer aus wie ein Schneeklumpen, und damit wäre sie ruckzuck überfahren. Zum Glück sass sie aber wieder auf ihrer Fussmatte vor der Gartentür, als ich heim kam, und damit ist die Gefahr für heute gebannt, denn im Dunkeln fliegt sie nicht. Man müsste ihr jetzt den Flügel stutzen, aber weil sie das weiss, lässt sie sich nicht anfassen und ist auf der Hut.

Ich habe den Enten 135 Gramm Mehlwürmer spendiert, aus dem Zoogeschäft, damit sie wenigstens etwas Frisches zum Fressen haben. Die Menge reicht für vier Mahlzeiten, wobei Tilly sich vornehm zurückhält, während die Ducks gar nicht zu bremsen sind, wenn die Schüssel mit Mehlwürmern kommt. Da fressen sie die ganze Portion in einem Rutsch auf. Dieses kleine Extra ist zwar nicht ganz billig, aber solange der Schnee derart hoch liegt, wie zur Zeit, und solange der Boden hart gefroren bleibt, werden wir den Enten dieses Vergnügen wohl weiterhin ab und zu gönnen. Ansonsten ist ihr Dasein im Augenblick nun wirklich nicht gerade vergnügungssteuerpflichtig.

## Tauwetter

12. Dezember

Endlich – seit gestern taut es. Der Garten versinkt im Wasser, einerseits durch die Schneeschmelze und von oben durch den Regen. Die Strohbetten fürs Geflügel sind tropfnass, aber das macht jetzt nichts mehr, denn die Gans und die Ducks können gar nicht genug bekommen von den kleinen Seen, die sich überall bilden. Sie stürzen sich hinein und baden, was ja in den letzten Wochen mit den Wassereimern nicht möglich war. Einzig Tilly zeigt sich mal wieder von ihrer sehr reservierten Seite. Sie sondert sich etwas ab und frisst auch nicht viel. Hoffentlich ist sie nicht krank oder altersschwach. Manche Leute behaupten, Enten würden nur drei oder vier Jahre alt. Und drei Jahre hat Tilly ja längst auf dem Buckel. Mal sehen.

Dafür scheinen Donald und Daisy mit dem einsetzenden Tauwetter all ihre Lebensgeister zurück gewonnen zu haben. Sie toben wieder herum, spielen mit dem Hund in den letzten Schneeresten auf der Wiese und streiten mit der Gans, die sie geduldig gewähren lässt. Daisy plärrt mit ihrem Geschrei die ganze Nachbarschaft zusammen, und Donald hat unentwegt etwas zu erzählen. Sie sind wieder ganz die Alten. Tauwetter ist einfach schön.

16. Dezember

Schnee und Kälte sind für's Erste vergessen. Das Wetter ist fast frühlingshaft, genau wie die Gefühle des Geflügels. Nachdem die Badezuber wieder aufgetaut sind, gibt es jetzt auch frisches Wasser zum Baden, was die Ducks und Friederike stundenlang ausnutzen. Tilly war ja noch nie eine richtige Wasserente, aber wenigstens nimmt sie wieder etwas mehr Anteil am Geschehen und sondert sich nicht mehr so sehr ab. Und sie können alle wieder grasen. Die Wiese gibt zwar nicht allzu viel her, aber jedes Grashälmchen ist willkommen nach dem tristen Wintereinbruch. Wenn es nach den Enten geht, könnte das Wetter so bleiben.

Aber für das Wochenende ist wieder zunehmende Kälte vorher gesagt.


## Feiertage


Weihnachten

Nach einer kurzen Frostperiode ist es jetzt wieder etwas über null Grad, und damit können die Enten die Weihnachtstage unbeschwert von kalten Füssen geniessen. Als kleines Feiertagsextra gab's für Donald, Daisy und Tilly noch mal eine Portion Mehlwürmer, die scheinbar eine ganz aussergewöhnliche Delikatesse sind. Jedenfalls können vor allem die Ducks gar nicht genug davon bekommen. Aber auch solche Leckerchen müssen ein bisschen rationiert werden, sonst gibt's Bauchweh. Friederike, die wenig mit dem Gewürm anfangen kann, wurde mit Weintrauben entschädigt, die sie sonst immer besonders gern mochte. Aber in diesem Jahr hielt sich ihre Begeisterung etwas in Grenzen. Keine Ahnung wieso.

Seit die Tage immer kürzer und kälter geworden sind, das heisst, seit sich die Menschen nicht mehr so oft und lange im Garten aufhalten, hat das Geflügel sich deutlich enger zusammengeschlossen. Wenn auch der Hund nicht als Spielkamerad zur Verfügung steht, dann sind die Ducks immer um Friederike herum, die jetzt wohl die Mutter- zumindest aber die Anführerrolle übernommen hat, die ja eigentlich ursprünglich Tilly zugedacht war. Die tut unterdessen, was sie will. In geselliger Stimmung schliesst sie sich den drei Anderen an, und wenn sie wieder ihre brummige Phase hat, sondert sie sich stur und standhaft ab. Aber das Verhältnis der Ducks zu Friederike ist eindeutig sehr eng geworden. Und auch, wenn Daisy nur zu gern mit der alten Gans streitet, und Donald immer alles besser weiss, Rike erträgt es mit einer Engelsgeduld. Ein bisschen traurig ist nur, dass sie sich nicht mehr anfassen lassen mag, seit sie die Ducks hat. Habe ich sie etwa doch unbewusst etwas vernachlässigt?


1. Januar

Trotz aller Knallerei zum Jahreswechsel sind die Ducks unbeschadet in ihr erstes neues Jahr gerutscht. Wie immer ging es schon vor zwei Tagen mit den ersten Böllern und Knallfröschen los, die die Nachbarskinder mit grösster Begeisterung auf der Strasse zündeten. Friederike quittiert das stets mit leichtem Gemecker, aber ohne grosse Aufregung. Und da die Enten meistens das tun, was die Gans vorgibt, haben sie sich anfangs zwar ein bisschen nervös in eine entfernte Gartenecke zurück gezogen, nachdem sie aber gemerkt haben, dass ihnen nichts passiert, zuckelten sie wieder hinter ihrer „Rudelmutter" her. Nun ist auch das überstanden. Die letzten Böller wurden heute Nachmittag noch gezündet, jetzt ist wieder Ruhe.

Heute Morgen, bei der ersten Fütterung, hat das Geflügel allerdings entschieden gegen eine von irgendwo her abgefeuerte Rakete protestiert, deren Überreste auf der Wiese lagen. Nachdem die entfernt waren, begannen alle Vier unverzüglich mit stundenlangem Grasen, obwohl ich wirklich nicht weiss, was sie von der Winterwiese noch abnagen können.

Vorgestern hat Tilly mal wieder einen Ausflug aus dem Garten hinaus unternommen. Die Kinder, genau die, die auch mit den Böllern zugange waren, haben sie entdeckt und uns Bescheid gesagt. Als ich danach auf der Strasse nachgesehen habe, in der Gewissheit, dass Tilly 1. sich wie immer nicht fangen lassen, und dass sie 2. wie immer von allein zurückkommen wird, kam ich gerade dazu, als die Kids auf ihren Fahrrädern die Ente durch die Gegend scheuchten. Angeblich wollten sie sie auf diese Art dazu bringen, wieder über den

Zaun in unseren Garten zurück zu fliegen. Erreicht haben sie aber nur, dass Tilly etwas kopflos zu fliehen versuchte. Nachdem die Kinder (vielleicht ein bisschen unfreundlich) ausgebremst waren, lief die Ente fast wie sonst der Hund „bei Fuss" neben mir heim, bis in den Vorgarten, wo sie sich scheinbar relativ sicher fühlt.

Zehn Minuten später sass sie dann in der Garageneinfahrt vor dem Gartentor, und als dieses geöffnet wurde, stolzierte sie problemlos zurück in den Garten. Irgendwann müssen wir doch mal versuchen, sie einzufangen und ihr einen Flügel zu stutzen, um die Ausflüge bis zur nächsten Mauser zu unterbinden. Draussen tobt die feindliche Welt, der eine Gartenente nur wenig gewachsen ist.


## Fast wie Frühling


### 6. Januar

Das neue Jahr hat einen furiosen Wetterstart hingelegt. Herrlicher Sonnenschein, dazu Temperaturen mit bald zwanzig Grad in der Sonne – einfach wunderbar. Die ersten Kätzchenblüten, die tagsüber viel Sonne mit-bekommen haben, sind schon aufgeplatzt, die Fliegen summen durch die Gegend, und entsprechend euphorisch zeigen sich die Ducks. Sie schnattern, gackern und keckern von früh bis spät, baden lang und ausgiebig und sind bester Laune. Mit ihren Temperamentsausbrüchen haben sie derzeit die uneingeschränkte Vormachtstellung im Garten. Sie verscheuchen selbst die Gans, wenn es darum geht, als erste am Futternapf zum Zuge zu kommen, sie nerven den Hund, auf den sie sich mit Hurra stürzen, sobald er in den Garten kommt, und wahrscheinlich würden sie am liebsten Purzelbäume schlagen, wenn sie das nur könnten. Übrigens haben die Beiden einen unglaublichen Appetit entwickelt. Der Verbrauch an Nudeln, Salat, eingeweichtem Brot und vor allem an Geflügelfutter ist im Vergleich weit mehr als doppelt so gross wie in den Zeiten vor den Ducks.

Die Hippeligkeit der Jungenten hat indessen dazu geführt, dass sich die beiden Alten, Friederike und Tilly, wieder etwas enger zusammen geschlossen haben. Sie ziehen derzeit, wie in alten Zeiten, gemeinsam über die Wiese, wie Dick und Doof: voran die Gans, und Tilly immer einen Schritt dahinter. Wenn Donald und Daisy gerade in Stimmung sind, schliessen sie sich den „gesetzten Damen" an, was jedoch im Augenblick eher zu Verdruss führt, weil die sich nur in ihrer Ruhe gestört fühlen. Dann wird schon mal gefaucht und geschnappt, und schon sausen die Ducks wieder in eine andere Richtung davon. Und schnattern und schwatzen und schwatzen und schnattern…ohne Ende. Es würde mich schon mal interessieren, was sie sich so alles Tag für Tag erzählen.

## Neue Leidensgeschichten

### 16. Januar

Als Mensch kann man überhaupt nicht nachvollziehen, wie es die Ducks in ihrem noch kurzen Leben geschafft haben, die beiden Alten derart unter Kontrolle zu halten. Einerseits sind Donald und Daisy meistens in der Nähe der Gans und suchen ihre Gesellschaft, vielleicht auch ihren Schutz. Andererseits scheint es so, als ob sie mit ihrer Lebhaftigkeit den beiden Anderen gnadenlos auf die Nerven gehen. Tilly zieht sich dann stundenlang allein in irgendeine geschützte Ecke des Gartens zurück, und das wird auch respektiert. Aber Friederike muss die Ducks beinahe von morgens bis abends ertragen. Und mehr noch: die Gans scheint tatsächlich einen gehörigen Respekt vor den beiden

Enten zu haben. Das zeigt sich bei der Fress-Reihenfolge. Egal, wann es Futter gibt, und was auch immer es ist, als erste marschieren Donald und Daisy zum Napf und fressen sich in aller Ruhe satt. Tilly und Friederike warten derweil in gehörigem Abstand. Wenn die Gans einen Versuch macht, ebenfalls ans Futter zu gelangen, wird sie von Donald kurz angeschnattert, und schon macht die Alte einen Rückzieher. Tilly versucht es gar nicht erst und wartet geduldig bis zum Schluss. Wenn die Ducks nämlich satt sind, darf Friederike als nächste ran, und danach sucht Tilly dann die letzten Krümel zusammen.

Ein Versuch des Menschen, diese Hackordnung zu durchbrechen und Friederike und Tilly einen früheren Zugang zum Fressnapf zu ermöglichen, ist hoffnungslos gescheitert, weil dann alle vier überhaupt nicht mehr fressen. Die Ducks ziehen sich zurück, und Gans und Altente folgen beleidigt hinterher, statt sich nun um das für sie reservierte Futter zu kümmern. Sollen sie doch machen, was sie wollen. Aber dass sich die Gans derart von den Youngsters auf der Nase herumtanzen lässt, ist schon erschütternd.

19. Januar

Jetzt hat Donaldchen ein Hinkebein. Die gleichen Symptome wie bei Daisy damals. Er vermeidet möglichst alle Laufereien, und wenn es sich denn gar nicht vermeiden lässt, legt er sich alle paar Schritte hin und klemmt das schmerzende rechte Bein unter den Flügel. In dieser Situation erweist sich Daisy allerdings als bei weitem nicht so fürsorglich, wie Donald im umgekehrten Fall. Sie rennt vorneweg, ohne auf ihn zu warten und kümmert sich recht wenig um den siechen Erpel. Heute Mittag, als er so allein auf der Wiese lag, und alle Anderen um den Futternapf zugange waren, habe ich ihn auf den Arm genommen, um ihn ein wenig zu trösten und zu füttern. Erst hat er sich etwas gewehrt, aber danach ist er gern geblieben und hat sich kraulen lassen. Und was geschah dann? Die Ente Tilly tauchte plötzlich wieder auf und fing an, eifersüchtig zu schimpfen und zu fauchen. Als ich Donald schliesslich abgesetzt hatte, und Tilly ein paar Streicheleinheiten anbot, hat sie allerdings den Rückzug angetreten.


20. Januar

Oh je, das Bein und damit der ganze Erpel sind in einem beklagenswerten Zustand. Donaldchen hinkt und stolpert und läuft deshalb am liebsten gar nicht. Wenigstens frisst er, wenn er sich mal bis zum Futter geschleppt hat, und immerhin zupft er noch am Hund herum und versucht, den in die Nase zu zwicken, alles im Liegen natürlich. Es ist ein Bild des Jammers.

22. Januar

Es besteht grösster Anlass zur Sorge um Donaldchen. Sein rechtes Bein und der Fuss sind dick geschwollen und zum Teil auch aufgeschürft und etwas blutig. Ich habe alles mit einer Wundsalbe eingerieben. Der Erpel sondert sich von den anderen ab, frisst kaum und liegt nur immer leicht zitternd unter irgendeinem Busch. Leichte Beute für jedes Raubtier noch obendrein. Hoffentlich hat er keine Blutvergiftung. Auch der Hund zeigt sich seltsam unruhig und betrübt und streicht immer, wenn er im Garten ist, um Donald herum. Die Geflügel-Frauengruppe zieht unterdessen grasend über die Wiese und kümmert sich wenig um den armen Kranken. Vielleicht hilft ja die Salbe. Mehr kann man wohl nicht tun.

25. Januar

Heute war Donald beim Tierarzt. Nachdem alles Einreiben nicht viel Erfolg hatte, und der kleine Erpel immer schlapper wurde, schien das der letzte Ausweg zu sein. Also wurde der Patient in ein Handtuch gepackt, was er sich auch ganz ordentlich gefallen liess, und ab ging's, auf dem Schoss im Auto zum Doktor. Zum Glück hat unser Tierarzt im Dorf selbst Laufenten und kennt deren Wehwehchen deshalb besser als vielleicht manche seiner Kollegen. Diagnose: eine Entzündung im Fuss, möglicherweise ist auch der mittlere Zeh gebrochen. Therapie: zwei Spritzen, eine in die Brust, eine direkt in den Zeh. Ich konnte gar nicht hinsehen, aber Donald hat mannhaft still gehalten. Zum Glück ist er handzahm, seit er so krank ist und lässt sich deshalb auch problemlos auf den Arm nehmen, ohne grosses Gemecker. Das machte den Ausflug relativ unkompliziert. Morgen müssen wir wiederkommen.


28. Januar

Bis gestern waren wir nun jeden Tag beim Tierarzt, wo Donald seine Antibiotika-Spritzen gegen die Entzündung bekommen hat. Zu allem Unglück hat auch noch Schneeregen eingesetzt, es ist deutlich kälter geworden. Da der Erpel sich überhaupt nicht mehr eingefettet hat, war er sofort durchgeweicht, sobald er mal unter der Pergola hervor gekrochen kam. Zur Vorsicht hat er deshalb die letzten Nächte eingesperrt im Entenhaus verbracht, sicher aufgehoben im warmen Stroh. Mir scheint, als wäre er heute etwas munterer. Wenigstens frisst er wieder halbwegs normal. Ausserdem kümmern sich die „Mädels" jetzt mehr um ihn. Auf der Wiese liegt eh eine nasse Schneeschicht, so dass sich tagsüber öfter alle im Stroh unter der Pergola einfinden. Der Doktor meint, dass Donald an seiner Krankheit nicht sterben wird, dass er aber wohl einen verkrüppelten Fuss behält, vielleicht auch immer etwas hinken wird. Ach, egal, Hauptsache, er lebt. Zur Schönheitskonkurrenz wollten wir sowieso nicht mit ihm.


30. Januar

Winter über Winter. Die Temperaturen sind eisig, auch tagsüber bei höchstens minus fünf Grad. Donald geht es wieder schlechter. Er frisst kaum, liegt nur im Stroh und zittert vor sich hin. Der Tierarzt, der netterweise auch am Samstag erreichbar ist, hat uns geraten, den Erpel in einer Strohkiste ins Haus zu holen. Jetzt wohnt er also seit drei Stunden im Gartenzimmer. Wenn die Tür offen ist, kommt Daisy herein und sieht mal nach, wo Donaldchen geblieben ist. Die kleine Ente friert auch ein bisschen, aber das ist bei dem Wetter normal und nicht allzu gefährlich. Ausserdem - die Enten von den Nachbarn und vom Tierarzt sind auch draussen. Nur der angeschlagene Donald ist halt besonders gefährdet durch den Kälteeinbruch. Mal sehen, was nun mit ihm wird. Gut sieht es nicht aus.

Zum ersten Mal kommen mir Zweifel, ob diese Laufenten wirklich ideale Haustiere für unsere Region sind. Friederike und Tilly haben in den drei Jahren, in denen sie jetzt bei uns sind, noch nie irgendwelche Krankheiten gehabt. Sowohl die Gans als auch die Flugente sind widerstandsfähig gegen Hitze und Kälte, ihre Beine sind stabil, und ihr Gefieder ist viel dichter als das der zarten Laufenten. Natürlich muss man auch ihnen im Winter ein trockenes Plätzchen mit Strohbett anbieten, sie ordentlich füttern und Wasser heraus tragen (das in den Wannen im Garten ist ja zugefroren), aber dann sind sie zufrieden und zittern und kränkeln nicht.

Vielleicht ist es auch nur die Ratlosigkeit, wie man Donald noch helfen könnte, die solche Gedanken aufkommen lässt. Immerhin – für Mitte nächster Woche ist wieder Tauwetter angesagt.


13. Februar

Nun blutet er auch noch. Irgendwie hat Donald eine Schwiele am Beingelenk abgeknabbert, und nun hat er dort eine offene Wunde. Durch das Stroh, das da natürlich leicht hineinpiekst, wird die Sache nur noch schlimmer. Also was tun? Jetzt hat er einen Tempo-Taschentuchverband um die Wunde herum, gehalten von Tesafilm und unten drunter eine Wund- und Heilsalbe. Manchmal könnte man schon verzweifeln, aber was soll man machen? Organisch scheint der Erpel völlig gesund. Er frisst und trinkt und schwätzt. Wenn er morgens hört, dass wir aufgestanden sind, fängt er unten in seiner Kiste lautstark an zu schnattern – nur laufen mag er nicht mit seinem krummen Fuss. Andererseits ist die ganze Verarzterei, das Rein und Raus in den eiskalten Nächten und am Tag für eine Ente natürlich auch ein Riesenstress und absolut widernatürlich. Das ist mir völlig klar. Aber die Alternative wäre, ihn draussen vor die Hunde gehen zu lassen. Vor möglichen nächtlichen Feinden kann er nicht fliehen, und wenn's zu kalt wird, zittert er sich dumm und dämlich. Das kann ich auch nicht mit ansehen. Also machen wir weiter, hoffen das Beste und warten voller Ungeduld auf erste Anzeichen, dass es endlich Frühling wird. Ich bin überzeugt, wenn es wärmer wird, und das erste Grün spriesst, dann läuft Donald wieder. Humpelnd zwar, aber er wird laufen.


17. Februar

Ich glaube, es geht ihm ein ganz kleines bisschen besser. Immerhin läuft er wieder etwas engagierter hinter der „Frauengruppe" her. Es ist auch nicht mehr ganz so eisig draussen, wie in den vergangenen Tagen, obwohl heute noch mal mindestens zwanzig Zentimeter Neuschnee dazu gekommen sind. Zusätzlich zur medizinischen Therapie mit Salben und Tropfen haben wir jetzt abends, ehe der Erpel in seine Schlafkiste im Haus verfrachtet wird, ein kleines Bad in der Badewanne angesetzt. Das scheint ihm äusserst gut zu bekommen. Dann streckt er auch das verletzte Bein aus und paddelt mit beiden Füssen. Einziges Problem dabei: Donald fettet sich ja nicht mehr ein, seit er in den Krankenstand getreten ist. Folglich ist er nach dem Baden tropfnass und muss erst mal in ein Handtuch gewickelt werden, um das Gröbste zu trocknen. Der

Rest erledigt sich dann im warmen Stroh bis zum nächsten Morgen.

Die drei Mädels, Friederike, Tilly und Daisy haben die Winterkapriolen übrigens bisher mühelos überstanden. Hoffen wir, dass wenigstens das so bleibt.

## Es kann nur besser werden

22.Februar

Heute Nacht hat Daisy das erste Ei ihres Lebens gelegt. Es lag am Morgen im Entenhaus, und Daisy sass ziemlich ruhig und ausnahmsweise mal schweigsam im Stroh in der Pergola. Nicht mal zur Begrüssung von Donaldchen konnte sie sich aufraffen, als er von seiner Schlafkiste im Haus wieder in den Garten kam. Da stand Daisy sonst immer schon vor der Tür und hat auf den Erpel gewartet. Aber um die Mittagszeit waren dann beide zusammen schon wieder im Garten unterwegs. Doni geht es nun täglich ein bisschen besser. Er hat jetzt noch ein paar homöopathische Kügelchen bekommen. Woran seine Genesung nun letztlich liegt, weiss ich nicht, aber es geht doch wieder aufwärts.

Das Ei wurde indessen sowohl von der Ente als auch vom Erpel nicht weiter beachtet. Und weil es einfach nur so rumlag, habe ich es im Waschbecken entsorgt. Jetzt wäre es sowieso noch zu früh zum Brüten, es ist noch viel zu kalt für Küken. Und ob die Eier angesichts von Donalds vierwöchigem Leiden überhaupt befruchtet sind, ist auch noch die Frage.

Ein Gutes hat die Krankheit des Erpels aber doch gehabt: Tilly hat sich scheinbar lange genug angesehen, wie Donald immer etwas mehr gehätschelt wurde und es dann doch nicht mehr ertragen. Jetzt ist sie wieder die gute alte Schmuse- und Streichelente, die sie früher schon war. Sobald ich in den Garten komme, ist Tilly zur Stelle, legt sich ganz breit und platt vor meine Füsse und will dann auf den Arm genommen und gekrault werden. Stundenlang hält sie das aus. Doch meistens macht die Kälte draussen, die dem Menschen mehr zusetzt als einer Ente, der Schmuserei relativ bald ein Ende. Aber vor ein paar Tagen, als zufällig mal die Sonne schien, und es in einer geschützten Ecke hinter dem Haus gleich herrlich warm war, haben wir beide fast eine Stunde lang in der Sonne gesessen. Ich auf dem Gartenstuhl und Tilly auf dem Schoss. Es war richtig schön gemütlich.

25. Februar

Unsere Daisy legt jetzt mit schöner Regelmässigkeit jeden Tag ein Ei. Immer brav ins Entenhaus. Ich habe angefangen, die Eier zu kennzeichnen, damit man, je nachdem, wie lange und wieviel sie legt, die ältesten Eier immer wegnehmen kann. Es ist schon erstaunlich, wie mühelos ausgerechnet diese zarte und anfangs so anfällige Ente den harten Winter überstanden hat.

Heute Mittag schien nach Wochen zum ersten Mal wieder die Sonne, und auf dem neuen Dach über den Geflügelhäusern ist der Schnee geschmolzen und hat unten auf dem Boden eine matschige Pfütze gebildet. Tilly hat darin ein ausgiebiges Bad genommen und sah anschliessend aus wie eine Wildsau. Der ganze Bauch und die Flügelenden voll mit Schlamm und Lehm, aber das Bad hat ihr scheinbar „saugut" gefallen.

Friederike ist derweil einigermassen mürrisch unterwegs. Irgendwie etwas teilnahmslos. Und Donald robbt durch die Gegend, immer hinter Daisy her, mit vielen Pausen, in denen er sich einfach fallen lässt wo er gerade geht und steht. Aber es geht ihm deutlich besser, die Gelenke am Bein sind wieder normal, und wenn er läuft, hinkt er kaum noch. Nachts holen wir ihn allerdings noch ins Haus, weil es immer noch mit bis zu zehn Grad minus empfindlich kalt wird, und der Erpel das Zittern nicht lassen will. Es ist jedoch absehbar, dass die Nächte laut Wettervorhersage demnächst mal frostfrei bleiben, und dann wird auch Donald wieder draussen übernachten.


## 28. Februar

Seit gestern schläft Donald wieder im Garten. Die Beinchen sind zwar noch etwas schwach und zittern, wenn er aufsteht, aber das muss jetzt durch Lauftraining von selbst weggehen. Das Wetter ist vorfrühlingshaft mild, die Nächte sind frostfrei, also gibt es keinen Grund, den Erpel weiter zu sehr zu verhätscheln und ihn ins Haus zu holen. Daisy scheint auch ganz angetan von dieser neuen Entwicklung und fordert Donald immer auf, mit ihr durch den Garten zu ziehen. In der vergangenen Woche hat sie täglich ein Ei gelegt.

Tilly hingegen, unsere gefürchtete Legerin und Brüterin, hat bis jetzt noch nicht angefangen. Und die Gans Friederike hat die ganze Eier-Legerei ja schon im vergangenen Frühjahr völlig aufgegeben. Sehr zum Verdruss unserer Nachbarn, die zu Ostern gerne ein paar Gänseeier zum Bemalen genommen haben. Aber

für derartige Extravaganzen –so meint Rike offenbar-
lohnt sich die Mühe wohl nicht.


3. März

Also meiner Meinung nach hat die ganze Hühnerbande
einen Vogel. Jetzt spinnen sie alle. Tilly und Daisy
legen um die Wette Eier, und wenn Daisy gerade mal
keine Eier legt, rennt sie wie der Wind durch den
Garten und quakt lauthals. Tilly dagegen verfolgt mich
auf Schritt und Tritt und will dauernd auf den Arm. Der
quengelige Donald hat sich völlig seinem Hinkebein
hingegeben und pflegt dies vorzugsweise im Entenhaus,
wo er auf Daisys Eiern hockt. Dabei könnte er
eigentlich wieder ganz gut laufen, nur kapiert er das

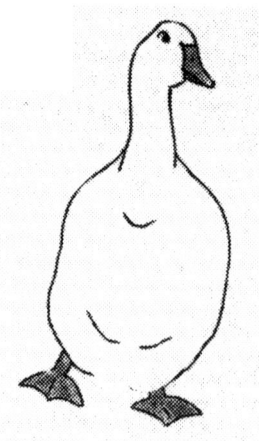

irgendwie nicht. Er bewegt sich
nur vom Fleck, wenn er fressen
oder trinken will. Und Friederike
ist zur Zeit geistig abwesend,
steht da, guckt in die Luft, wippt
dabei leicht mit dem ganzen
Körper, lässt sich auch mal
kraulen und frisst wenig, obwohl
sie natürlich immer noch zu dick

ist. Ist das nun der Frühling oder die nahende Mauser oder was? Ich versteh das alles nicht, aber ich lass sie machen – was bleibt mir auch anderes übrig.

## Im Jammertal

10. März

Am Wochenende ist unsere Friederike gestorben, die beste Gans, die es je gab. Wir waren zwei Tage verreist, und als wir zurück kamen, lag sie tot im Garten. Einfach so, ohne irgendeine sichtbare Verletzung. Unsere Nachbarin, die sich immer, wenn wir nicht da sind, um's Geflügel kümmert, sagt, Rike sei am Samstag um die Mittagszeit noch auf der Wiese unterwegs gewesen, und kurz danach lag sie tot da.

Der Garten ist leer, ohne diesen grossen, dicken weissen Vogel, der immer sofort angewatschelt kam, wenn irgendetwas los war. Die Enten scheinen mit einem Mal gar nicht mehr wichtig. Mit Rike hat vor dreieinhalb Jahren alles angefangen, aber es kann nicht mit ihr aufhören, denn Tilly und die Ducks, die ihre Familie waren, sind noch da, wenn auch führungslos und ohne die alte Beschützerin. Jetzt werden alle drei nachts eingesperrt. Bei Tilly, die sich anstandslos auf den Arm nehmen lässt und bei Donald, der immer noch nicht übermässig flott zu Fuss ist, geht das ganz gut. Nur Daisy macht Probleme, und so bleibt manchmal keine andere Wahl, als sie allein draussen zu lassen, weil sie sich nicht fangen lässt. Aber ich glaube, wenn sie sicher ist, dass keiner mehr im Garten ist, dann verkriecht sie sich auch entweder in die Pergola oder zwischen die Entenhäuser.

Wir haben Friederike tränenreich beerdigt. Nicht mal vier Jahre ist sie alt geworden, vielleicht deshalb, weil sie ursprünglich nur als Schlachtgans gezüchtet worden war, und ihr ganzer Körper einem langen Gänseleben, das gut und gern zwanzig Jahre dauern kann, nicht gewachsen war. Sie war anhänglich und treu wie der beste Hund, sie war unglaublich schlau, und sie ist eigentlich unentbehrlich. Sie hinterlässt eine Lücke, die unbeschreiblich gross ist, und sie fehlt uns mit ihren Launen, ihrem Geschnatter, ihrer Wachsamkeit und mit ihrer guten Seele.


14. März

Das Einfangen und Einsperren der Enten hat gerade mal zwei Nächte lang geklappt. Aber jetzt, da sie wissen, was los ist, sind sie wie die Wiesel auf der Flucht, wenn ich nach Einbruch der Dämmerung in den Garten komme. Selbst der lahme Donald entwickelt dann eine ungeahnte Geschwindigkeit und Wendigkeit und humpelt schnurstracks unter die dichten Büsche, wo man ihn nicht wieder heraus bekommt.

Weil es möglich ist, dass ihnen die kleinen Entenhäuser zu eng sind, haben wir gestern mit dem Bau eines grossen Schuppens angefangen, ein Riesenhaus quasi, in dem jede Menge Geflügel Platz hätte. Noch ist es nicht fertig, aber vielleicht gehen sie dann dort hinein zum Schlafen. Es wird künftig auch der einzige Platz sein, an dem es noch Futter gibt. Aber das ist auch so eine Sache. Seit nämlich der Schnee geschmolzen und ein erster Hauch von Frühling eingekehrt ist, verlangen die Enten kaum noch nach zusätzlichem Futter und sind wieder den ganzen Tag über im Garten unterwegs, den Schnabel immer am Boden und fressend. Keine Ahnung, wie man sie von der Notwendigkeit eines sicheren Nachtquartiers überzeugen soll. Sie sind halt samt und sonders an ihre Freiheit gewöhnt, und als die Gans noch da war, ist ja auch alles gut gegangen. Jetzt bin ich jeden Morgen nach dem Aufstehen darauf gefasst, eine tote Ente im Garten zu finden, denn irgendwann werden die Marder schon merken, dass die alte Beschützerin nicht mehr da ist. Sie fehlt uns immer noch.

21. März

Jetzt habe ich mir doch beim Bau des grossen Entenhauses dermassen auf die Finger gehauen, dass ich einige Tage lang nicht weiterschreiben konnte. Inzwischen ist das Haus so ziemlich fertig, die Enten gehen munter ein und aus, fressen dort – alles wie geplant, nur einsperren lassen sie sich nicht. Sie passen auf wie die Spitze, dass niemand in der Nähe ist, der die Tür zumacht. Falls doch, verschmähen sie eben ihr Futter und ziehen sich ins Gebüsch zurück. Ich kann's nicht ändern, dann bleibt das kleine Hühnertürchen eben offen. Die erste Staubsaugertüte, voll mit Hundehaaren, ist inzwischen gleich neben dem Eingang als Marderabschreckung versteckt.

Ansonsten geht es den drei Enten ziemlich gut. Daisy ist mit Abstand die Munterste. Sie legt immer noch jeden Tag ein Ei, jetzt auch ins neue Haus, wohin ihr Nest umgezogen ist.

Tilly sieht die Welt relativ ruhig und gelassen, schläft viel -sie ist ja auch nicht mehr die Jüngste- und ansonsten versucht sie, wenn sie gerade mal wach ist, den Chefposten einzunehmen. Da werden die beiden Ducks schon mal gezwickt oder angefaucht, aber die machen sich nicht allzu viel aus diesen Allüren der im Prinzip recht zahnlosen Alten. Donald hat sich jetzt an sein Hinkebein gewöhnt und ist wieder viel mehr unterwegs. Er hat einen Tippelschritt gelernt, mit dem er genau so schnell ist wie Daisy, nur nicht so ausdauernd. Zwischendurch muss er sich immer mal hinlegen und ausruhen. Aber er spielt wieder heftig mit dem Hund, und das ist ein sehr gutes Zeichen. Das Einzige, was ich einfach nicht erfahre und was mich brennend interessieren würde: sind Daisys Eier nun befruchtet oder nicht? Ich glaube eher nicht. Aber weiss man's?

Ich bin mittlerweile zu der Überzeugung gekommen, dass sich die wunderbare Gans Friederike vermutlich tot gefressen hat. Wenn ich mir ansehe, wie wenig ich jetzt noch füttern muss, das heisst, wie wenig Zusatzfutter die drei Enten tatsächlich fressen, und welche Mengen an Nudeln, eingeweichtem Brot, Salat und Geflügelfutter früher in nullkommanichts verputzt waren, dann muss Friederike wirklich schier unglaubliche Mengen vertilgt haben, ohne Mass und Ziel. Die Enten ernähren sich offensichtlich ganz überwiegend von dem, was sie im Garten finden. Und

Rike hat den einfacheren Weg gewählt und alles gefressen, was man -für alle vier selbstverständlich-herausgestellt hat. Natürlich war sie ziemlich dick, und mit zunehmendem Gewicht hat sie sich auch immer weniger bewegt, aber ich habe mir nichts dabei gedacht, sie hat ja auch keinen leidenden oder kranken Eindruck gemacht. Die Folge war aber wohl dann letztlich Herz-Kreislauf-Versagen, nehmen wir jedenfalls an. Irgendwie war sie wohl wie manche Hunde, die auch nicht von selbst wissen, wann sie genug gefressen haben. Die Enten sind da ganz anders, sie schauen zwar sofort nach, wenn eine Schüssel mit Futter kommt, naschen hier und da, aber immer nur ein bisschen, und das Futter reicht ewig.

Für mich ist es eine Lehre, falls ich je noch einmal eine Gans haben sollte. Aber eigentlich hätte ich Friederike für schlauer gehalten. Irgendwie war Fressen wohl ihre grosse Schwäche. Ist es für so ein Tier wohl ein schöner Tod, wenn man diese Schwäche bis zum Exzess auslebt und dann daran stirbt? Es gibt einen Roman von Dürrenmatt „Der Richter und sein Henker", wo der Romanheld, ein schwer magenkranker Kommissar noch den letzten Fall seines Lebens aufklärt und sich dann auch ganz bewusst zu Tode (fr)isst. Der hat das offenbar genossen.

26. März

Heute haben wir Donaldchen beerdigt. Zum Schluss ging alles ganz schnell. Nachdem er ja wieder einigermassen fit schien, begann am Dienstag der Anfang vom Ende. Es war noch einmal ein nasskalter Tag mit Schneeregen, und als ich nachmittags heim kam, lag Donald völlig durchnässt bis auf die Haut im neuen Geflügelhaus. Ich habe ihn mit viel Stroh zugedeckt, und er hat es sich widerspruchslos gefallen lassen. Am Mittwoch dann war er fast unfähig überhaupt noch zu laufen. Bei jedem Schritt musste er sich mit den Flügeln abstützen, er lag völlig apathisch herum und wollte kaum fressen, vielleicht ein paar Schluck von dem Wasser trinken, das ich ihm in einer Schale gebracht habe. Der umgehend wieder herbei gerufene Tierarzt vermutete eine Infektion, möglicherweise eine Lungenentzündung. Mittwoch und Donnerstag bekam der Erpel je zwei Spritzen, eine gegen den Infekt, eine zur Stärkung. Doch der Erfolg war gleich null. Auch der Versuch, ihn mit einer Portion Mehlwürmer, die er im Winter so gern gefressen hatte, noch einmal aufzupäppeln, schlug fehl. Donaldchen wurde immer schwächer.

Gestern schien die Sonne, und es war frühlingshaft warm. Der Tierarzt war in der Mittagspause gekommen, um Doni zu impfen. Danach habe ich den Erpel aus dem Stroh genommen und mich mit ihm auf dem Schoss auf die Gartenbank in die Sonne gesetzt. Ich weiss nicht, wie lange ich ihn gekrault und ihm gut zugeredet habe. Jedenfalls wurde er ganz ruhig, und plötzlich fiel sein Kopf herunter. Mit dem Schnabel hat er ihn noch abgestützt, aber völlig kraftlos. Wir haben beide irgendwie Abschied genommen, von einander und von einem wunderbaren dreiviertel Jahr, das wir gemeinsam hatten. Daisy, Tilly und der Hund wollten zu diesem Zeitpunkt schon nichts mehr mit dem Erpel zu tun haben und hielten sich trotz Aufforderung, her zu kommen, in einigem Abstand auf. Als die Mittagspause zu Ende ging, lebte Donald noch. Ich habe ihn wieder ins Stroh gesetzt, in der Hoffnung, dass er im Stall nun ruhig einschlafen würde. Doch als ich zurück nach Hause kam und sofort, mit bangen Gefühlen, nachgesehen habe, da lag Donald fast unverändert im Stroh, nur der Kopf war in die zum Trinken bereit gestellte Wasserschale gefallen. Er atmete noch, aber bewegte sich nicht. Bei diesem hoffnungslosen Anblick gab es nur eine Entscheidung. Ich rief den Tierarzt an, der Donald schliesslich einschläferte. Der kleine Erpel war zum Schluss leicht wie eine Feder und völlig abgemagert.

Wahrscheinlich, so vermuten wir alle, wurde seine Infektion im Bein nie richtig und völlig auskuriert. Und dieser schleichende Infekt nahm ihm nach und nach jede Widerstandskraft. Eine Weile schien es noch gut zu gehen, doch das Ende war, wenn man ganz ehrlich ist, absehbar.

Die Tiere haben es –wie immer- zuerst gewusst. Als es dem Erpel so schlecht ging, sind Daisy und Tilly kaum noch ins Geflügelhaus gegangen. Höchstens vielleicht, um schnell ein paar Körner zu fressen, aber dann gleich wieder raus. Auch der Hund, der fast bis zuletzt immer mit Donald gespielt hat, hielt sich von ihm fern.

Heute Morgen dann hat Daisy angefangen, ihren Donald zu suchen. Als ich in den Garten kam, war sie sofort zur Stelle, weil sie wohl dachte, der Erpel hätte wieder mal im warmen Haus übernachtet. Doch Donald kam nicht und vor allem, er antwortete nicht mehr auf ihr Rufen. Bis zum Nachmittag war Daisy sichtlich verstört. Dann zog sie mit Tilly über die Wiese. Die beiden Entenmädels, die sich im Prinzip immer gestritten haben, müssen sich nun miteinander arrangieren. Noch ist nicht klar, wie Daisy den Verlust letztlich verkraften wird. Wie lange mag es dauern, bis sie Donald vergisst? Der Tierarzt, der ja selbst auch Laufenten hat, bot uns an, zu gegebener Zeit einen seiner Erpel abzugeben, wenn wir wollen. Aber ich weiss es noch nicht.

Jetzt werden die Karten und die Verhältnisse völlig neu gemischt. Nächsten Dienstag bekommen wir zwei neue Gänsemädels, Streifengänse. Am übernächsten Wochenende ist Ostern. Ich habe beschlossen, der Frauengruppe im Garten Zeit zu lassen. Dann wird man sehen, wie es weitergeht: ob die beiden Enten miteinander ein Gespann bilden, wie sich die neuen Gänse einfügen, ob Daisy es ohne Partner schafft – kurz- was alles passiert.

Knapp vier Jahre lang war das Geflügelleben in unserem Garten mit Friederike und Tilly relativ ereignislos, fast schon ein bisschen langweilig. Deshalb haben wir ja auch das „Unternehmen Duck" gestartet. Und jetzt, innerhalb kürzester Zeit, nur Katastrophen. Es gibt nur zwei Möglichkeiten: entweder vor diesen Katastrophen zu kapitulieren und das Gartengeflügel abzugeben oder jetzt erst recht weiter zu machen. Der Winter ist vorbei. Es wird Frühling und Sommer, und wie leer wäre unser Garten ohne die herrlichen Vögel darin. Ausserdem – was würde aus Tilly und Daisy? Ich habe beschlossen, uns allen noch eine neue Chance zu geben.

Doni und Rike hatten ein schönes Leben, nur ein zu kurzes. Wir werden aus ihrem Tod zu lernen versuchen. Und wir werden sie nie vergessen. Aber jetzt muss ein Neuanfang her. Auch wenn ein etwas mulmiges Gefühl bleibt, ob er erfolgreich gelingen wird.

## Die Tuuts sind da

31. März

Gestern sind die beiden Streifengänse angekommen, in einem grossen Karton, direkt vom Züchter in der Nähe von Bremen. Fast 24 Stunden lang waren sie unterwegs, und entsprechend verstört sind sie aus dem

Karton mitten hinein in ihre neue Heimat gesprungen. Sie heissen Berta und Luise. Mit Nachnamen Tuut, weil sie nicht wie die normalen Haus-

gänse schreien, sondern wie eine alte Autohupe oder ein Schiffs-Nebelhorn tuten. Die Beiden sind sehr hübsch, klein und zierlich wie Wild- oder Ziergänse eben sind und noch ziemlich scheu. Luise ist ein bisschen grösser und korpulenter als Berta, die aber dafür die Mutigere zu sein scheint und meistens die Richtung vorgibt.

Die ersten beiden Stunden mit den neuen Gänsen im Garten waren ein einziges Chaos. Tilly plusterte sich zu dreifacher Grösse auf und fauchte wild, um gleich mal zu zeigen, wer hier der Chef im Ring ist. Daisy schnatterte ohne Unterbrechung und schien nicht so recht zu wissen, ob sie sich weiterhin hinter Tilly verstecken oder aber die beiden Neuen begrüssen und besichtigen sollte. Der Hund wurde zur Ordnung gemahnt, aber allein bei seinen Anblick verfielen Berta und Luise in Panik und rasten durch den ganzen Garten, bis sie im Zaun landeten. Einzig die Katze war –wie immer- wenig interessiert.

Doch schon nach ein paar Stunden entspannte sich die Lage etwas. Tilly und Daisy zogen sich erst mal zu einem Nickerchen zurück, und die Gänse fingen an, den Garten zu inspizieren, tranken etwas Wasser und nahmen ein kurzes Bad. Danach aber streiften sie wieder ruhelos umher und wussten nicht so recht wohin.

Mit Einbruch der Dämmerung gab es erste zaghafte Kontakte mit den Enten, wobei Daisy als eine Art Vermittlerin fungierte und immer zwischen Tilly und den anderen Mädels hin und her lief und schnatterte, und irgendwie hat sie es dann wohl geschafft, dass sich alle vier, mit etwas Abstand zwar aber doch nah beisammen, schliesslich zum Schlafen unter einen Busch legten. An ein Einfangen und Übernachten im Stall war überhaupt nicht zu denken.

Heute Morgen hatte sich die Lage dann weiter normalisiert. Gänse und Enten trafen sich immer öfter an den Wasserwannen, weder Hund noch Mensch veranlassten Berta und Luise weiterhin zu kopfloser Flucht, und heute Nachmittag kamen die beiden Gänse schon ziemlich nah an die Gartenbank heran und verkürzten den Abstand zu den Menschen auf vielleicht noch drei oder vier Meter.

Daisy, die sich nach Donalds Tod erstaunlich schnell erholt hat, ist wie ein Hans Dampf in allen Gassen, mit allen gut Freund, mit Tilly besonders neuerdings, mit dem Hund sowieso, aufgeschlossen den Menschen gegenüber und jetzt auch schon vertraut mit den Gänsen. Noch immer legt sie jeden Tag ein Ei, aber zum Brüten hat sie offensichtlich weder Zeit noch Lust. Das Nest liegt verwaist im Geflügelstall, wohin sie scheinbar nur mal schnell flitzt, um das nächste Ei los zu werden, aber ansonsten scheint ihr die Gefahr wohl viel zu gross, dass sie draussen etwas Entscheidendes verpassen könnte, wenn sie den Eiern auch nur eine Minute mehr Zeit widmet, als unbedingt nötig.

4. April

Luise Tuut hat gestern Abend ihren ersten unfreiwilligen Ausflug unternommen. Es wurde gerade

dunkel, als wir aus dem Garten ein nicht enden wollendes Getute einer Gans hörten. Es stellte sich heraus, dass Berta allein die Wiese auf und ab marschierte und lauthals nach Luise rief. Die fand sich dann, als wir auf der anderen Seite des Hauses aus dem Fenster sahen. Mitten auf der Strasse stolzierte die Gans herum. Durch die Erfahrungen mit Tilly ahnte ich schon, was auf uns zukommen würde, und tatsächlich dauerte es auch eine gute halbe Stunde, bis Luise wieder im Garten war. Das Problem ist, dass die beiden Gänse noch recht scheu sind, so dass sie die Menschen nicht ganz nah an sich heran lassen. Wenn man hinter ihnen herläuft, rennen sie immer weiter fort. Wir mussten Luise also zuerst müde machen, und sie dann von zwei Seiten einkreisen. Danach ist sie relativ anstandslos durch das Gartentor marschiert. Eine Stunde später lagen wieder alle vier Vögel friedlich beieinander und schliefen.

Heute Morgen habe ich den Gartenzaun nach möglichen Schwachstellen abgesucht und wahrscheinlich auch den Ausstieg entdeckt und verbarrikadiert.

Die wunderbare neue Geflügelhütte hat indessen noch nicht den gewünschten Erfolg gebracht. Die Enten und Gänse gehen zwar hinein, um zu fressen, aber nie zusammen und schon gar nicht, wenn es dunkel wird, und die Gefahr besteht, dort über Nacht eingesperrt zu werden. Sie schlafen also immer noch alle draussen, obwohl ich inzwischen das Futter gewechselt habe, speziell auf Enten und Gänse jeweils abgestimmt und nur abends in der Hütte füttere. Aber eher fasten die Damen, als dass sie sich überlisten lassen. Es bleibt also weiterhin ein Vabanquespiel mit Fuchs und Marder.

8. April

Ganz langsam gewöhnen sich Berta und Luise an uns und an ihre neue Umgebung. Mit Tilly und vor allem mit Daisy sind sie schon längst gut Freund. Daisy ist erfreulicherweise munter und fröhlich, immer zu einem schnatterigen Schwätzchen aufgelegt und viel zutraulicher geworden, seit sie ohne Donald zurecht kommen muss. Sie freut sich offensichtlich, wenn wir in den Garten kommen und ist sofort zur Stelle, um die neuesten Neuigkeiten zu erzählen oder um nachzusehen, ob etwas Fressbares gebracht wird. Wer hätte gedacht, dass ausgerechnet dieser vermeindliche kleine Schwächling die letzte Vertreterin „derer von Duck" sein würde.

Tilly kommt regelmässig zum Schmusen und Kraulen. Sie will auf den Arm genommen und gestreichelt werden. Da bleibt sie dann, solange man sie lässt. Die beiden Enten bestärken mich jeden Tag neu darin, dass es richtig war, das „Garten-Geflügel" nicht aufzugeben.

Berta und Luise beobachten diese schon zur Gewohnheit gewordenen Rituale und ziehen ihre Kreise dabei immer enger. Vor allem Berta nähert sich mir schon bis auf einen guten Meter und schnattert dabei leise. Die beiden Gänse haben ein erstaunliches Repertoire an Stimmlagen: von lautem Tuten bis zu ganz leisem –man könnte fast sagen- Piepsen. Luise ist sehr viel mehr auf der Hut als Berta. Aufgrund ihres Verhaltens und ihrer Grösse haben wir den Verdacht, dass Luise möglicherweise ein Louis sein könnte. Sie – bis zum Beweis des Gegenteils bleiben wir mal dabei- ist deutlich wachsamer, und wenn Berta sich schon längst zum Schlafen hingelegt hat, steht Luise noch lange daneben und beobachtet ihre Umgebung. Wegen dieses Zweifels mag ich sie aber nicht gewaltsam einfangen, um nachzusehen, das würde sie nur zusätzlich einschüchtern. Was immer sie ist, wir würden sie so oder so nicht zurückschicken. Also ist es ja auch egal. Wenn die Gänse etwas älter sind, werden wir schon früh genug erfahren, was Sache ist. Bis dahin bleibt sie Luise. Und damit fertig.

11. April

Mittlerweile bilden die beiden Enten mit den Gänsen zumindest eine Art Gemeinschaft. Die Vier sind fast immer zusammen. Egal, ob beim Fressen, beim Baden, beim Schlafen oder unterwegs im ganzen Garten. Früher habe ich immer gedacht, das Geflügel macht nur dann einen ausgiebigen Mittagsschlaf, wenn es besonders warm ist, und man unter den Büschen im Schatten auf Abkühlung warten kann. Inzwischen habe ich gelernt, dass der Mittagsschlaf von ungefähr drei oder vier Stunden zum normalen Tagesablauf gehört. Wenn niemand stört und in den Garten kommt, dann sind die Vier ungefähr von halb eins bis gegen fünf Uhr einfach verschwunden, liegen unter einem Busch, den Kopf zwischen den Flügeln und schlafen. Wie auf Kommando erscheinen sie dann am Nachmittag alle miteinander wieder und ziehen gemeinsam durch die Gegend. Berta und Luise haben sich diesem Rhythmus mühelos angepasst. Die Beiden sind inzwischen die Lieblinge der ganzen Nachbarschaft, die solche Gänse noch nie gesehen hat. Und weil sie so ganz anders aussehen, als die normalen Hausgänse, hat bisher erfreulicherweise auch noch niemand Anspielungen auf den nächsten Weihnachtsbraten gemacht,

Bemerkungen, die zu Friederikes Zeiten immer mal wieder fielen.

14. April

Die kleine Daisy versucht neuerdings, Gans zu spielen. Zum einen schnattert sie mit Berta und Luise um die Wette, zum andern hat sie aber auch abgeguckt, wie die beiden Gänse gelegentlich mit weit ausgebreiteten Flügeln über die Wiese rennen. Und dann streckt sie ihre kleinen Flügelchen auch und rennt mit. Allen dreien scheint das grossen Spass zu machen.

Ich habe, seit die Gänse angekommen sind, beobachtet, dass die Beiden jeden Tag am späten Nachmittag, wenn es langsam anfängt zu dämmern, solche Anfälle von scheinbar sinnloser Rennerei bekommen. Dann rasen sie eine ganze Weile lang hintereinander her, ohne Ziel und ohne Pause zwischendrin. Meine Vermutung ist, dass dies möglicherweise doch Nachwehen ihres Transports sein könnten, dass die Beiden also bei Einbruch der Dämmerung vom Züchter eingefangen und in den Transportkarton gepackt worden sind. Ich weiss ja nicht, ob's stimmt, aber ich finde sonst im Augenblick keine vernünftige Erklärung für das Gerenne immer zur gleichen Zeit. Wenn es dann erst mal dunkel geworden ist, legen sie sich ruhig zum Schlafen zu den Enten, und tagsüber zeigen sie keine besonderen Auffälligkeiten, nur eben die halbe Stunde Dauerlauf am späten Nachmittag.

Seit Gestern tuten sie morgens, wenn ich mit meinem Brot zur Begrüssung in den Garten komme. Berta ist fast so weit, dass sie die Brotstückchen —so wie die beiden Enten- aus der Hand frisst. Der Hals wird dann immer länger, aber ein paar Zentimeter trennen uns noch. Luise hält den Abstand noch etwas grösser, vielleicht anderthalb Meter. Aber für die zwei Wochen, die sie jetzt bei uns sind, haben sich die Gänse schon prächtig entwickelt. Tilly grantelt noch etwas mit ihnen, aber Daisy ist offenbar sehr zufrieden mit der neuen Gesellschaft.

18. April

Wir waren zwei Tage verreist, und als ich danach wieder in den Garten kam, zeigte sich das Geflügel hocherfreut, und alle vier kamen sofort angelaufen. Obwohl Tilly die drei Anderen nach wie vor mit ihren „Chefallüren" piesackt (heute Morgen hat sie Berta doch tatsächlich eine Feder ausgerissen, um sie bei der Frühstücksfütterung auf Distanz zu halten), sind die beiden Enten und die Gänse praktisch immer zusammen.

Auffällig ist die scheinbar allen angeborene Reaktion bei drohender oder vermeindlicher Gefahr. So standen sie heute Nachmittag alle ganz plötzlich still und legten die Köpfe zur Seite um in Richtung Himmel zu horchen, so, wie sie es immer tun, wenn ein Flugzeug über's Haus fliegt. In diesem Fall aber stellte Tilly dann plötzlich ihren Kamm hoch und gab leises Geschnatter von sich. Berta und Luise fingen an, etwas zu murmeln und zusammen mit Daisy, die aus einer hinteren Ecke des Garten herbei stürmte, verkrochen sich alle ruckzuck unter der Pergola. Ein Blick in Richtung Himmel zeigte die Ursache für die Aufregung: zwei Habichte kreisten über dem Garten. Zumindest Daisy, die ja nun ganz sicher von keiner Mutter vor der Gefahr durch Raubvögel gewarnt worden ist, ist wohl ein

Beweis dafür, dass dieser Instinkt angeboren ist. Zumal sie ja in dem Augenblick, als die Habichte auftauchten, ganz allein im Garten unterwegs war und sofort reagiert hat, also ohne einfach hinter den Anderen herzulaufen.

20. April

Jetzt geht doch tatsächlich alles wieder von vorn los. Seit zwei Tagen sitzen die Tuuts auf der Terrasse und klopfen mit ihren Schnäbeln gegen unsere Gartentür. Genau, wie Rike es immer (verbotenerweise) getan hat. Einerseits zeigt es, wie zutraulich die beiden Gänse schon sind, andererseits werden sie aber auch –wie früher Friederike- zurück auf die Wiese gescheucht, damit wenigstens die Terrasse halbwegs sauber bleibt. Alle Barrieren, die ich im Laufe der Jahre extra um die Terrasse herum aufgebaut habe, erweisen sich jetzt bei Berta und Luise als nutzlos. Über den kleinen Zaun hüpfen sie einfach drüber und unter einem anderen kriechen sie durch. Rike war halt doppelt so dick, doppelt so gross und dreimal so behäbig wie die Tuuts – und natürlich auch schon älter.

Das uneingeschränkte „Engelchen" in der Geflügelherde ist und bleibt aber Daisy. Die ist immer gut gelaunt, obwohl sie von den anderen nur zu gern gezwickt und gescheucht wird, vor allem von Tilly und Luise. Irgendwie nimmt sie das aber nicht sonderlich ernst und hüpft fröhlich weiter. Sie ist zutraulich, wie nie zuvor, und natürlich hat sie auch jetzt noch unaufhörlich etwas zu erzählen. Obwohl das Geflügel im Garten zumindest drei verschiedene Sprachen spricht, habe ich das Gefühl, sie verstehen sich doch alle.

## 27. April

Wenn die garstigen Weiber nicht so eifersüchtig wären, würde zumindest Berta mittlerweile auch schon aus der Hand fressen, genau wie Tilly und Daisy es ganz selbstverständlich tun. Aber da wird gebissen und gefaucht, allen voran Tilly, die mit Abstand die Schlimmste ist. Vor ihr weichen auch die Gänse zurück und geben ihren Unmut dann natürlich an Daisy weiter, die aber inzwischen gelernt hat, Haken zu schlagen und quasi einen Slalom um die Anderen zu laufen, um trotzdem noch als Erste beim Futter zu sein. Bis die Gänse und Tilly dann angekommen sind, hat Frau Duck schon mal die erste Ration intus. Wir nennen sie gern „die lustige Witwe", weil sie anscheinend richtig aufgelebt ist, seit der kränkelnde Donald nicht mehr da ist. Trotzdem wäre es mir lieber gewesen, er hätte den letzten Rest vom Winter noch geschafft. Jetzt haben wir einen so herrlichen Frühling, die Wiese und alle Pflanzen und Kräuter spriessen wieder, die Sonne scheint angenehm warm. Schade, dass der kleine Erpel diese Phase des Jahres, in der alles wieder so schön wird, nie erlebt hat.

## Frühling

2. Mai

Heute war der erste richtig warme Tag, an dem man auch am Abend noch im Garten sitzen konnte. Tagsüber hat das ganze Geflügel meistens unter den Büschen geschlafen. Auch die Gänse und Enten müssen sich erst an die neuen Temperaturen gewöhnen. Gegen Abend wurden sie dann munter. Als es schon fast dunkel war, haben sich Berta und Luise zum Schlafen auf die Wiese gelegt, während Tilly und Daisy noch ein paar letzte Würmchen und Schnecken suchten. Dabei hat sich aber gezeigt –sehr zu meiner Freude- dass die Tuuts nicht richtig tief schlafen. Sie sind immer ein bisschen auf der Hut, ob irgendetwas oder irgendwer im Garten unterwegs ist. Wenigstens das könnte helfen, notfalls auch Mardern oder Füchsen nicht unvorbereitet zu begegnen. Andererseits scheint der Hund eine gewisse Sicherheit zu sein, weil der ganze Garten natürlich nach ihm riecht, was zumindest die Marder nicht so gern mögen.

Später am Abend haben Luise und Tilly dann noch ein merkwürdiges Spielchen aufgeführt: mindestens fünf Minuten lang standen sich die Beiden ganz dicht gegenüber. Jede hat ihren Hals immer noch länger und weiter in die Höhe gestreckt, um die Andere zu überragen. Dann haben beide zusammen einen Schluck Wasser getrunken und sind in verschiedene Richtungen davon marschiert.


5. Mai

Der Frühling hat seinen Höhepunkt erreicht. Alles ist so satt und grün, der Apfelbaum im Garten blüht herrlich rosa direkt vor der neuen Geflügelhütte, und ein paar Meter weiter duftet der Flieder. Die Enten und Gänse sind vergnügt und munter. Tilly hat sich ein neues Nest gegraben und legt unverzagt Eier, ab und zu bleibt sie auch drauf sitzen und brütet ein wenig. Aber dann entschliesst sie sich doch, mit den Anderen umher zu ziehen. Ist auch egal, weil in diesem Jahr keine befruchteten Eier geliefert werden. Tillys klägliches Versagen als Entenmutter bleibt unvergessen.

Daisy und Tilly sind zutraulich wie nie. Sobald ich in den Garten komme, sind sie da und wollen gekrault werden oder (noch besser) ein Leckerchen. Als ich heute mit ein paar Salatblättern kam, hat sich endlich auch Berta Tuut überwunden und zum ersten Mal aus der Hand gefressen. Man sah ihr die Furcht zwar deutlich an, der Hals wurde immer länger, und als sie den Salat dann geschnappt hatte, ging sie erst einmal zwei Schritte zurück, ehe sie ihn frass. Aber dann kam sie wieder und hat sich noch ein Blatt geholt. Ich vermute, wenn sie eine „Einzelgans" wäre, also ohne Luise, dann wäre sie längst völlig zahm. Auch Daisy ist ja sehr viel zutraulicher geworden, seit Donald tot ist. Wahrscheinlich suchen sie eher den Kontakt zum Menschen, wenn sie keinen natürlichen Partner haben. Andernfalls brauchen sie die Zuwendung durch den Menschen nicht so sehr.

Luise hält weiterhin Abstand. Ihr ganzes Verhalten lässt immer mehr darauf schliessen, dass sie vielleicht wirklich ein Ganter ist. Zum Beispiel faucht sie auch, im Gegensatz zu Berta, wenn ihr etwas nicht passt. Sie ist viel wachsamer als die Anderen und nicht so unbekümmert wie die Mädels.

## 13. Mai

Ob ich für Daisy wohl irgendwann doch noch mal einen Erpel anschaffen soll? Immer, wenn ich die „Eltern" von Donald und Daisy sehe, das Laufentenpaar von unseren Nachbarn, von denen wir damals die Eier bekommen haben, denke ich, wie schade es doch ist, dass alles so dumm gelaufen ist. Die zwei Alten sind so herrlich unzertrennlich, der Erpel immer besorgt um die Ente, und alle beide so süss, wie sie hintereinander daher watscheln – vielleicht werde ich doch noch mal schwach. Nicht, dass Daisy offensichtlich etwas fehlen würde, und mit den Eiern, die sie immer noch legt, hat sie nach wie vor überhaupt nichts im Sinn. Aber die Zeiten, als Donald noch fit war, und die Beiden immer zusammen waren, waren doch die schönsten.

Die Tuuts entwickeln sich unterdessen sehr zu ihrem Vorteil. Zwar haben beide scheinbar nicht gerade „die Weisheit mit Löffeln gefressen", aber vor allem Berta ist inzwischen doch recht zutraulich und stürmt gemeinsam mit Daisy immer als erste in den Stall, wenn es Futter gibt. Wobei man sich keinen grösseren Unterschied vorstellen kann, als die Art, wie die Gans und die Ente fressen. Daisy rührt mit ihrem Riesenschnabel den ganzen Körnertopf um, verstreut die Hälfte in der Gegend und frisst, was in den Schnabel passt. Berta sucht sich dagegen jedes Korn einzeln aus, fischt dann nur dieses eine heraus und kaut sorgfältig. Tilly frisst gelegentlich mit den Beiden zusammen, wenn sie Lust dazu hat, nur Luise schimpft und faucht vor der Tür herum und wartet, bis alle schliesslich draussen sind. Vor allem, wenn ich noch im Stall bin, traut sie sich –im Gegensatz zu den drei Anderen- nicht hinein. Sie ist schon eine sehr eigenwillige Gans.


17. Mai

Jetzt haben wir alle schon gedacht, der Kelch ginge in diesem Jahr an uns vorbei, aber zu früh gefreut: Tilly brütet wieder. Nachdem ich ihr erstes Nest im Geflügelhaus ohne grossen Protest zu ernten geplündert habe, hat die Ente ein neues Nest angelegt: gleich neben der Pergola, zwischen lauter Kieselsteinen. Sie hat ruckzuck zwölf Eier gelegt, was ja scheinbar eine ihrer leichtesten Übungen ist, alles fein säuberlich mit Flaum ausgepolstert, und jetzt hockt sie wieder Tag und Nacht auf dem Nest. Auf lauter unbefruchteten Eiern natürlich. Und wo schon so ein schönes Nest da war, hat Daisy gleich auch noch zwei, drei Eier dazu gelegt, ohne sich aber irgendwie weiter darum zu kümmern.

Wie ich schon im vergangenen Jahr gesagt habe: wenn Tilly brütet, ist sie unausstehlich. Sie plustert sich auf wie ein Federkissen, jagt und beisst die Anderen, einschliesslich Hund und Katz, wer ihr eben gerade in die Quere kommt. In diesem Jahr sind die beiden Gänse ihre Lieblingsopfer, die diese Anfälle ja noch gar nicht kennen und sich völlig verstört durch den Garten scheuchen lassen. Wenn Tilly sich dem Futternapf nur von weitem nähert, ziehen sich Berta, Luise und Daisy schon im voraus zurück. Wenn Tilly ihr Nest verlässt, herrscht Chaos im Garten. Nach und nach versuche ich in solchen unbeobachteten Momenten, die Eier zu klauen, aber das braucht Zeit.

Daisy hat sich in Anbetracht der Lage enger an die Gänse angeschlossen und erzählt ihnen unaufhörlich irgendwelche Schnattergeschichten. Berta und Luise hören auch meistens zu und murmeln etwas zurück, aber dann ist Daisy auch schon wieder unterwegs und sucht Kräuter, Schnecken, Würmer, und weiss der Himmel, was sonst noch.

Die Gänse sind beide mittlerweile relativ zutraulich, aber so ganz haben sie wohl den Schock ihrer Reise in der Kiste immer noch nicht verdaut. Man merkt geradezu, wie gerne sie ganz nah heran kämen, sich aber letztlich doch nicht trauen. Es wird noch eine ganze Weile dauern, bis sie sich mal anfassen lassen. Obwohl mir viele Geflügelhalter immer wieder erklären, so ein Versand sei das Normalste der Welt, ich werde es wohl nicht mehr machen. Die Vögel kriegen einen Psychoschaden, der nur mit viel Geduld und dem ständigen Bemühen, Vertrauen aufzubauen, zu beheben ist, wenn überhaupt. Da können die Anderen mir erzählen, was sie wollen.

Immerhin haben die Beiden gegenüber den Enten bereits ein Zusammengehörigkeitsgefühl entwickelt. Seit Tilly dauernd auf ihrem Nest sitzt, hocken Berta und Luise stundenlang unmittelbar davor. Auf diesen neuen Platz ziehen sie sich nun auch zurück, wenn sie ihre diversen Nickerchen machen, und Daisy sitzt —wenn sie nicht gerade anderweitig beschäftigt ist- gleich daneben.

Wir haben wieder eine Geflügelherde.

## Nachwort

22. Mai

Heute vor einem Jahr sind Donald und Daisy geschlüpft und heute endet dieses Tagebuch. Als ich anfing es zu schreiben, da dachte ich, dass es interessant sein könnte, einmal zu beobachten, wie sich die Küken entwickeln, nicht von einer Entenmutter, sondern von Menschenhand aufgezogen, und wie sie dann selbst mit ihrem Nachwuchs umgehen. Tatsächlich ist nun alles ganz anders gekommen. Daisy ist die einzige der Ducks, die überlebt hat, sie zumindest wird heute ein Jahr alt und erfreut sich bester Gesundheit. Doch auch, wenn Donaldchen nicht gestorben wäre, hätten wir mit ziemlicher Sicherheit in diesem Jahr keine Laufentenküken bekommen. Daisy hat ja genügend Eier gelegt, doch sie hat niemals auch nur fünf Minuten darauf gebrütet. Dazu hatte die hippelige Ente nie Zeit und Musse. Und Tilly noch einmal als „Leihmutter" einzusetzen, das hätten wir nach den Erfahrungen im vergangenen Jahr sicher nicht gemacht.

So läuft es nun mal, wenn man als Mensch versucht, die Natur im voraus zu planen. Trotzdem war das vergangene Jahr mit Donald und Daisy, zusammen mit Friederike und Tilly ein herrliches Jahr, das uns eine unendliche Fülle an neuen Erfahrungen, an Spass und Freude gebracht hat. Der vergangene März indessen wird ebenso unvergessen bleiben, als einer der schwärzesten und traurigsten Monate, die wir mit unserem Geflügel erlebt haben.

Doch die vergangenen Wochen haben gezeigt, dass es weitergeht, nun mit Berta und Luise, mit Tilly sowieso und mit der letzten Duck-Vertreterin Daisy. Vielleicht bekommt sie wieder einen Erpel. Das wird dann nicht mehr „mein" Donaldchen sein, aber er soll eine faire Chance haben. Ich dachte daran, ihn Daniel Düsentrieb zu nennen, kein echter Duck also, aber nahe dran. Wir werden sehen...